一个人的万物起源

周忠和 著

人民文学出版社

图书在版编目（CIP）数据

一个人的万物起源 / 周忠和著. —— 北京：人民文
学出版社, 2024. —— (我们小时候). —— ISBN 978-7
-02-018799-7

Ⅰ . I267

中国国家版本馆CIP数据核字第2024VE2004号

责任编辑　**朱卫净　孙玉虎　杨　芹**
装帧设计　**汪佳诗**

出版发行　**人民文学出版社**
社　　址　北京市朝内大街166号
邮政编码　100705

印　　制　山东临沂新华印刷物流集团有限责任公司
经　　销　全国新华书店等

字　　数　72千字
开　　本　890毫米×1240毫米　1/32
印　　张　5.5
版　　次　2024年8月北京第1版
印　　次　2024年8月第1次印刷

书　　号　978-7-02-018799-7
定　　价　55.00 元

如有印装质量问题，请与本社图书销售中心调换。电话：010-65233595

做有生命的人

韩 松

2013 年，"我们小时候"丛书横空出世，先后推出了王安忆、苏童、迟子建、毕飞宇、周国平、郁雨君、张炜、叶兆言、宗璞、张梅溪等文学名家回忆童年的散文作品。十余年过去，"我们小时候"这一品牌越发响亮，如今，出版方又开辟了科学家系列。

新增的这套书，是我国有成就的科学家们，讲述自己小时候的故事——都是亲历的人和事，他们又善于讲，无不娓娓动听。从中看到的，是一株株水灵灵成长的秧苗，是一颗颗丰富充沛的心灵，是一个个阳光雨露下活泼自由的生命。

他们中的好几位，我在工作中就认识，感到有个特点，就是都有小孩子的天性，率真可爱而童趣盎然。他们写起自己小时候的故事，仿佛也是写现在的自己。

我不禁想到英国星际协会会长、著名科幻作家阿瑟·克拉克，给自己撰写的墓志铭："他从未长大，但他从未停止成长。"或许有成就的人，都会保持小孩子的童真。

我以为，孩子阶段所养成的基本素质，将决定整个人生。中国古话说"三岁看大，七岁看老"，这是有道理的。有研究表明，小孩从出生到三岁，大脑发育已达到成人脑重的70%，而在三岁至八岁会完成剩余的30%。

因此，有成就的科学家是如何走过这一阶段的，颇有启示。

从这套书中看到，作者们还是孩子时，普遍具有很强的觉察力和好奇心，他们对未知的世界充满热爱和兴趣，急切地拥抱天地万物，对动物、植物，对一滴水，对一株草，对大自然，对它们的来历和变化，都想追问一串为什么。他们对星星为什么会待在天空上，也要探寻个究竟。

另外，他们还充满想象力。看到一支舵，想到大海；看到一片雪花，想到天宇。然后他们会去辨析这些事物之间的不同。想象力，是觉察力和好奇心的进一步发挥，要穷极八荒，给未知找一个答案，破解大自然藏起来的秘密。

他们还都有一种自我驱动的力量，表现在很小就自觉地有了人生目标，并认真地为达到这个目标而不懈努力，心无旁骛，不浪费时间。他们有很强的动手能力。好几位讲到，他们小时候，经常主动尝试去做一个或生物的或物理的或数学的实验，虽然还很粗浅，但对于那时的孩子来说，已经是很厉害了。他们还在这个过程中，养成了判断和选择的能力。

他们都十分热爱学习，而不是坐在那里空想，或者把好奇心等同于无节制的玩耍。他们注重打好知识基础，把课堂里学到的，与生活中观察到的，结合在一起。很奇异的是，到了考大学时，这些人几乎没有疑义地都成了学霸，成了状元。

他们从小就拥有一颗善良和正直的心。待人处事时，谦虚有礼，讲情重义，仁爱守信，留下了许多与长辈、邻里、老师、小伙伴相处的美妙故事。做一个成功的人，首先是做一个有道德的人。

让我感到钦佩的是，他们是科学家，却都十分重视人文，有很高超的文学艺术水平，有的还是诗人和艺术家。或许，科学的后面，更需要人文为支撑。科技最终是为人的，一颗温暖而敏锐的、富有诗意的心灵，是发现宇宙奥秘的根本。

他们也详细描述了自己的成长环境。他们对家乡的山川形胜、历史文化，满怀挚爱。他们善于引经据典，也熟悉白描的技能，讲起故土的风物、史实、掌故、传说、佚闻、风俗、文学、艺术、音乐、美食，如数家珍——渊博知识外，更有无限深情。他们中的不少人生活在中国历史上有名的县城，那里本来就出过名人，有悠久灿烂的文化。他们从小也因此受到熏陶。不得不说，优秀传统文化对人的影响，有多么重要；而优秀的心灵，就像蜜蜂一样，能够从中采撷到丰富的养分。

他们写的是小时候的故事，却以孩子的视角，描述了一个大时代的变迁：他们及其周围的人们，在亘古未有的剧变中沉浮，冲波逆流。偶然性和必然性，织构成了命运。抓住时代的机遇，不被暂时的困难吓退，始终保持对未来的乐观和达观，便是成功的诀窍。而这套书的价值又远远超出了成功学的传授。它是一部百科全书，从中一窥中华文明的变迁、大自然的奇妙壮阔、时代的风云变幻、科学与文化的交融，从而启迪人生，传播真知。相信无论大人孩子，都会从这套书的阅读中受益无穷。

如今，我们来到了"科技是第一现实"的时代，正值新一轮科技革命发生，我们又一次感到，优秀的科学家和工程师，对于国家的现代化进步，是多么的重要。了解科学家的成长经历，在今天看来，有了十分现实的意义。相对于他们，如今有的孩子被死死绑在单调的课程上，接受机械的教育，被要求对丰富的世界只能给出一个答案，他们本来开放的心扉被封闭了起来。科技已成决定国家前途的要害，而如何出人才，又是核心，这里的关键在于教育。我们需要突破无形的枷锁和有形的制约，培养出充满热爱、兴趣、丰沛的想象和满满的求知精神的一代新人。在这个越来越像是"由机器说了算"的时代，更需要激发人类的自由活泼的生命力。所以这套书的出版，是一场及时雨。

目 录

动物篇

我们家的狗

　　小时候我们家养了一条狗，个头中等大小，黑白色，至今我不知道它属于什么品种。听大人说它是收养的，从此在我们家生活了十四五年，一直陪伴着我儿时的成长，直到寿终正寝，那时候我已经离开家在外地求学。遗憾的是，我们从来没有想到给它起名字，其实这一点也不是什么问题，就像家里人见面是不需要叫名字的，甚至连称呼有时候也是多余。我对忠诚的启蒙学习可以说就是从我们家的狗开始的。

　　我们家的狗是自由的，因为从来没有拴过绳子，它也很少离开家。看家护院是它最大的本职工作。我们家一般会养少则几只多则十几只的鸡，"鸡犬不宁"的事情，我从来没有见过。相反，它更像是我们家鸡的保镖，不仅如此，还是一个绅士保镖。给鸡喂的食物，它从来不会去抢，相反，鸡就没有那么懂事了，常常会去我们喂狗的食盆中啄食。这种情况下，它一般把鸡驱赶开，就算平息了争端。但是如果遇到别人家的狗或者鸡来我们家抢鸡食，它就没有那么客气了。

它平常比较安静，不像有的狗，见到外人就汪汪乱叫。即便外人来我们家，它也会有自己的观察，通常不会叫唤。但有一种情况是例外。我父亲十几岁就担任大队的会计，算是一个干部。那个时候村里人家有什么喜事办酒席，常常要请大队干部参加，我觉得这算不上拍马屁，更像是要面子，干部是来撑场面的。我父亲不会喝酒，也不太爱应酬，一般尽可能推掉。然而，那时候的风俗就是这样，办喜事的人家会专门三番五次上门邀请，如果不去就上手去拉，这一来，我们家的狗就不干了，以为是打架，于是不仅大喊大叫，还直接冲请客的人而去。我父亲面子薄，不想为难请客的人，很多时候就这样半推半就地答应了。这样的事情不断地发生，因此给我留下了深刻的印象。我当时就想，狗虽然聪明，但对于这样的人情世故，理解起来还是太难了！

我上小学和初中的地方都在我们的村里，离家也就几百米的距离。我对我们家狗印象最深的是，它常常在我放学的时候去迎接我，这让我感到意外的惊喜。最为神奇的是，那时候偶尔去几里路外的地方看电影，回家的时候，老远就能看到它在村子的路口等待我，然后一路高高兴兴地陪我回家。小时候，家里也养过猫，但我一直很喜欢狗，不怎么喜欢猫，我自己也说不出太多的原因，我猜想大概是不太喜欢猫的样子和性格吧。

有时候我去河边钓鱼，我们家的狗也会跟着我去。当时觉得最为神奇的是，我发现它还会游泳。那条小河不算太宽，但至少也有三四十米吧。我忘了当时的情形，不知它怎么的就突然从河的北岸直接游到了南岸，划水的动作很熟练。在我的印象中从来没有见过它下水，不需要学习就能直接游，这让我很吃了一惊。

虽然后来家里再也没有养过狗，但从小养狗的经历给我留下了美好的印象。我刚去美国读书的时候，曾经在美国导师家住过一段时间，他们家养了一条哈巴狗，看上去十分憨厚，与主人很亲，对我也非常友好。我导师身材魁梧，性格十分开朗、健谈，他遛狗的时候，巨大的身材与弱小的狗形成的反差，常常让我发笑。导师就一个女儿，已经成年，平常也不在家住，小狗俨然成为我导师和师母的小儿子。我常常看到他在沙发上小憩，小狗就睡在他的怀里，也不闹腾，十分乖巧。在我临近毕业的那年，忽然有一天，我看到导师神情恍惚，也不说话，同事悄悄告诉我，曾看见他一个人趴在办公桌上抽泣。后来得知是小狗去世了，他为此伤心了很长一段时间。我印象中，还是第一次看到导师如此伤感。看到大街上别人家遛狗，我有时还会想起我们家的狗，比较起来，我觉得它还是比较幸福的。

家养的动物们

小孩子一般都喜欢动物。幸运的是，在我小的时候，家里就养过很多不同的动物。不过，与城里人把动物作为宠物养的动机不同，农村家养的动物都是有不同的实用价值的，即使狗和猫也是分别用来看家护院和抓老鼠的，至于它们作为宠物的功能，也是派生出来的。

我很小的时候，家里养过一头牛，准确说是一头黄牛，是在农时帮助犁地的。我们家没有牛圈，因此这头牛平常就拴在家里，气味虽然不太好闻，但好像大家也都习惯了。印象中，家里养牛的时间不长，我猜想可能的原因是随着家里人口的增长，就再也没有它的容身之处了。

即使在人民公社时代，家里也是允许养猪的。家门口就是一个猪圈，一般养一头或者两头，太多了地方不够，而且也没有那么多饲料。所谓的饲料一般就是糠，来自麦子或稻谷的皮。那时候，粮食的产量还不是很高，而且我们那儿土地本来就比较金贵，更没有闲钱去买饲料。一般，开春时节买一头小猪，养大半年，春节之前养肥了，就会卖给村里面的屠户，他杀了之后再拿到集市上去卖肉，自己家留下来的猪肉很少，但通常会留下猪油和下水，为过节做好准备。感觉那时候养猪就像存银行，零存整取，卖猪所得肯定是我们家最大的一笔收入了。

小时候做得最多的一件家务事，就是手提一个竹篮，再带一把小铲刀，到外边去寻猪草。这样的家务对我来说并不反感，每每想到自己寻来的猪草能够让猪长肉，就感到干劲十足。其实，出去寻猪草并不是一件多累的活，相反，每次去的地方都是田间，同时能欣赏到绿色美景，让人心旷神怡，可谓一举两得。

在猪圈旁边观察猪，是我小时候经常做的一件事情。一边观察，一边心中默默地企盼它们早日长大长肥，我看着它们，它们也看着我，想想也觉得很好玩。我印象最深的一件事情，就是以我们家的猪为题材，写过一篇作文，采用了拟人化的写法，并因此受到了老师的表扬。

除了猪，我们家养得最多的就是鸡了。小时候最大的一个爱好就是从鸡窝里捡鸡蛋。虽然白天鸡可以放出来，在门口溜达，但晚上天黑之前是一定要赶到鸡窝里去的，主要就是预防黄鼠狼。母鸡下蛋的时间似乎不太规律，一般早上下蛋居多，但也有下午或者傍晚下蛋的情况，母鸡一般都会回到鸡窝里去下蛋，下了蛋之后母鸡会发出"咯咯"的叫声，因此我们小孩子通常会争着第一时间去鸡窝拿蛋，然后再小心翼翼地放到一个罐子里。我当时也很好奇，母鸡下蛋后为什么会叫？我当时猜想一定是因为高兴，至于有没有其他的解释，估计放到今天都还是一个没有定论的问题。

我们家还养过鸭和鹅，但时间似乎都不是很长。我对养鸭的贡献主要是抓蚯蚓来喂养，通常会找潮湿的地方，蚯蚓有时候会爬出来，这样很容易判断它们都待在地下的什么地方，这时候就用铲刀挖下去找。获得蚯蚓的另外一个途径，是在大人们犁地的时候，跟在后面捡蚯蚓，这个办法效率非常高。有时候，我也会拿一根竹竿去放鸭子，主要是到河边去。鹅主要是食草的，一般不用放出去，我做得最多的就是负责给它找些食物，当然还喂它小的石子。因为鸭和鹅一般都是夜里下蛋的，因此有一阵子我每天一大早起来，第一件事就是兴冲冲地去拿鸭蛋和鹅蛋。尤其喜欢的是鹅蛋，原因就是大，那时候可没有考虑吃起来的口感。

许多年之后，我成了古鸟类学家，才知道鹅吞下石子不仅是繁殖期需要补充钙，还起到帮助消化的作用。最为有趣的是，近年来我们还发现了很多一亿多年前的鸟类和恐龙化石，在它们的胃中竟然还保留了一堆帮助研磨食物的石子；还有一些鸟类的化石在嗉囊的位置保留了植物的种子。在我研究的鸟类化石中，我最为珍视的一件是一个鸟蛋化石，小鸟的骨骼蜷缩在中间，栩栩如生，周边还有羽毛的印痕，大小恰如我小时候见到的十分珍惜的鸡蛋。

陪伴我的鸟儿

　　从小生活在乡村，最不缺少的是家前屋后各色各样的树林、竹园，还有离家不远的河流以及田地，这里是鸟类的天堂。鸟类也是我最为喜爱的动物，因为它们的声音很好听，而且我也非常向往它们自由飞翔的生活。我记得小时候做梦，有很多次梦见自己能够飞起来，这样的"经历"让我非常享受，醒来之后又难免感到失望。

　　那时候最常见的鸟儿是麻雀、乌鸦和喜鹊。大概是麻雀太普通了，加上总是来偷食家里晾晒的粮食，我对它们的印象算不上好。然而，它们毕竟是最为常见的，而且是那么的活泼，整日叽叽喳喳的，也是儿时难忘的伙伴。

从小便听大人们说喜鹊是报喜的，或者是要有亲戚来访来报信的。俗话说"喜鹊喳喳叫，必有喜事到"，对于大人们的说法，我一直都将信将疑，一方面我不信鸟类有那么大的能耐，另一方面，我也有自己的观察和判断。有时候喜鹊来了好多回，怎么没有见到什么喜事，或者也没有等来亲戚呢？乌鸦则被认为是不祥的象征，对此我同样也不是太相信的。信不信是一回事，听多了这样的传言，我还是希望见到喜鹊，而不是乌鸦，这种偏见直到成年之后才被扭转了过来。

　　有两种鸟类的叫声最为特别，只见其声，不见其影，但我都非常熟悉，并且特别地喜欢。一种是斑鸠发出的有节奏的"咕咕咕"，有种小提琴的悲怆。还有一种是布谷鸟的啼鸣。每次听到这些熟悉的声音，我都会特别地凝神贯注，仿佛这是来自远方的音符，带有空灵的感觉。因为常听大人们说，布谷鸟是提醒人们播种的，于是听到它的叫声，我也会想到收割的季节，仿佛看到了金黄色的麦子，让人充满希望。

　　小时候最为痴迷的是抓鸟和掏鸟蛋。鸟儿一般选择在树冠上筑巢，对我来说望尘莫及。但也有一些鸟的窝筑在差不多大人高的小树上，也有的筑在房子的屋檐上，虽然借助板凳，我有时候也会尝试去观察，但通常见到的是空荡的鸟巢，偶尔能逮住几只蛋。住在我们家南边的一户人家，有一位叫小三子的大男孩，比我大几岁，虽然学习不行，但绝对属于手巧之人，我一直很羡慕他使用鱼叉就能抓到河里的鱼。印象最深的就是他曾经叉到一条两三斤重的黑鱼，而我之前钓到的鱼就从来没有超过半斤。我虽然也常常跟着他去河边，但可惜我从来就没有学到这样的本事。小三子知道我喜欢抓鸟，有一次晚上我已经睡觉了，听到他敲门，并且兴奋地告诉我，他抓到了一只鸟要送给我。记得是一只成年的鸟，颜色也很好看，忘了是什么鸟了。因为家里面没有鸟笼子，看它挣扎的样子，第二天我就恢复了它的自由。

多年后，我参与了鸟类起源的研究，才知道鸟类原来是从恐龙的一支演化而来的，更为幸运的是，我和团队的工作为这一科学假说提供了许多关键的证据。特别是，还能够参与研究许多身披羽毛的恐龙，每每想到自己能够成为第一批近距离观察甚至命名这些远古精灵的少数几个人之一，就让我感到十分开心，也不时地感叹大自然的馈赠是如此的慷慨。

研究鸟类早期的演化，自然离不开观察现生的鸟类。在全国不同地方，常常听到斑鸠发出的不同节奏的"咕咕咕"，依然会让我驻足聆听。每当去外地出差，闲暇之余，我总是偏爱湿地和原始森林，因为那里能够看到许许多多快乐生活的鸟类，如同我在儿时看到的鸟类一样，无拘无束，其乐融融，时而自由地翱翔，时而在树枝间嬉闹，时而悠闲地漫步滩涂，它们和人类成了真正的朋友，此时此景更能让我体会到，我们是在共享地球美好家园。

最近几年回到老家去，最大的感受是鸟儿变多了，而且还不时地见到一些以前不常见到的漂亮的鸟类，比如鸲鸟。我父亲也感慨地说，现在的环境比以前更好了，也吸引了越来越多的鸟儿来栖息、嬉闹。回到老家后，我最喜欢做的事情之一，就是到屋子后面的竹园漫步，一边感受野草的清香，一边聆听鸟儿的歌声，不同鸟类的叫声如同奏鸣曲，再加上鸡叫狗吠声，此起彼伏，恍如大自然的交响乐。这时候的老家仿佛成了喧嚣世界的世外桃源。

回到老家后，我最喜欢做的事情之一，就是到屋子后面的竹园漫步，一边感受野草的清香，一边聆听鸟儿的歌声，不同鸟类的叫声如同奏鸣曲，再加上鸡叫狗吠声，此起彼伏，恍如大自然的交响乐。这时候的老家仿佛成了喧嚣世界的世外桃源。

兔子失踪

　　在我上学之前，家里曾经养过兔子，是两只白色的兔子，个头中等大小。那个年代，家里养兔子可不是出于养宠物的缘故，而是因为兔毛的经济价值。记得一般到了天气暖和的时候，大人们就开始剪兔毛，然后拿到外面去卖钱。至于两只白兔属于什么品种无关紧要，但给我的乐趣是很多的。

　　兔子天生性情温顺、乖巧，同时又不失敏捷，很难不让人喜爱。因为兔子是食草的动物，而农村最不缺的就是蔬菜的叶子，所以我每天都会拿些菜叶去给它们喂食。有时候我也会给它们喂一些自己从外面寻来的青草。

　　给兔子喂食的同时，我非常享受观看它们安静吃草的过程，偶尔也会去触碰它们的毛发，但这不太容易，这会让它们很紧张，常常竖起两只大耳朵，或者抬起两只前腿，做出躲避的姿势，这时我便不再去打扰它们。在我的印象中，它们从来没有咬过人。

两只白兔曾经养在一个大缸里，后来又转到一个竹子做的笼子里面。不承想，突然有一天，两只兔子一块儿失踪了，至于它们是如何逃脱笼子的，已经完全没有印象了。出乎所有人的意料，过了一段时间之后，两只兔子重新出现了！最为神奇的一幕是，我亲眼看到五只小兔子也从家里西边房间的床底下跑了出来，这个场面无疑带给了我们全家最大的惊喜。原来，它们从来就没有离开过我们的家，而是在床底下打了一个洞，在那儿完成了生产和抚养幼崽的过程，我被它们顽强的生命力所震撼。

当时我们家住的还是三间茅草房，地面也是泥土的，打洞没有问题。这一段失踪的时间有多长，我已经没有印象了，也许一个多月，也许有三个月？但至今我都没有想明白的是，这一段时间它们吃什么呢？其实，兔子本就是夜行性动物，喜欢在夜间寻找食物和活动。我猜想，它们一定有办法在晚上出去找到足够的食物。原来，它们并不需要人类。

2023年是中国的兔年。我所供职的中国科学院古脊椎动物与古人类研究所，碰巧收藏了世界上最古老的兔子的化石，距离今天已经有五千多万年的历史了，为此还与中央电视台一起设计了兔年央视春晚的吉祥物"兔圆圆"。如果再往前寻根问祖的话，兔子和老鼠原来还是一家子，大约是在恐龙刚刚从地球上消失之后不久，它们就开始了分道扬镳的演化历程，想想它们如今在人类眼中的差异，是不是觉得难以置信？

兔子的祖先原本生活在野外。几千年前，当野兔被人类驯养之后，它们不仅给人类带来了实实在在的经济利益，还成为人类的宠物。在中国的文化中，兔子也深受人们的喜爱，在神话传说中，玉兔与嫦娥相伴，甚至成了月亮的代名词。然而，人类永远是从自身的角度来看待那些被驯养的动物，很少有人关心受到宠爱的动物们的感受，我相信它们也会珍惜自己的自由。我们家的兔子在失踪的那段时间里，我猜想它们一定是最快乐的。

钓田鸡

在我的老家，大家把常见的青蛙都叫作田鸡，一般是绿色或黄绿色的。因为属于两栖动物，所以它们的生活环境离不开水，通常出没在河边或者稻田中。印象中，小时候能够吃到的最美味的食物之一就是田鸡的肉了。

钓田鸡是我学到的唯一一种捕捉田鸡的办法。首先需要一根钓竿，通常是竹竿，长度是有讲究的。首先，不能太短，因为你很难距离田鸡太近而不惊扰到它，否则还没有伏击到，田鸡们就"扑通"跳进水中去了；但也不能太长，否则掌控起来比较费劲，因此两至三米是最称手的。竹竿的远端悬挂一根尼龙或者是棉质的线，线的末端并不需要鱼钩一样的东西，只要系上一只蚯蚓作为诱饵。找到蚯蚓并不算麻烦，有时候蚯蚓自己就会爬出来，更多的时候不能守株待兔，得动用小铲刀，找一个潮湿的地方挖土找。钓鱼也经常需要蚯蚓，因此找蚯蚓的藏身之处就积累了丰富的经验。

钓田鸡的技术其实比较简单，就是把饵下放到地面，然后提起来，再放下去，如此反复地做这个动作。其实就是让饵做跳跃状，吸引田鸡上当。当然节奏的把握也有讲究，不能太快，也不能太慢。这很像是和田鸡玩事关它命运的游戏。一旦发现田鸡咬到了饵，就马上提竿，再用手抓住。与钓鱼相比，钓田鸡的效率要高得多，一般不会空手而归，我之所以热衷钓田鸡，而不是钓鱼，主要也是这个缘故。当然唯一的代价就是要忍受蚊子的叮咬，因为我经常去钓的地方，是在村庄前面的一条小河边，那儿长有芦苇，还有茂密树枝的掩护，蚊子自然也喜欢这个地方。

钓田鸡是大多数孩子比较喜欢用的办法，但村里也有人使用更有效率的策略。我印象中，村西头的一个孩子，外号小辣子，胆子比较大，手也比较巧，他会在晚上走到离村庄比较远的稻田里直接用手捕捉田鸡。据说，是拿一个手电筒，一旦被手电筒的光照射到，田鸡就会变傻，不知往哪儿逃，只得束手就擒。印象中，他每天晚上能够捉一篮子的田鸡，然后杀了拿到附近的市场上卖钱。我虽然也想试试，但家里人应当没有同意我这么去做。虽然那时候已经懂得田鸡是吃虫子的，应当保护才对，但那时候实在是太穷了，而且当时似乎也没有什么规定不让捕捉田鸡。

捉到了田鸡，要把它变为美味佳肴，宰杀的过程却有些残忍。本来我就胆小，一刀对准田鸡的脖子下去就让我有些不忍，但想想马上可以尝到红烧田鸡的佳肴，也就横下一条心坚持了下去。直到有一天，我看到田鸡的两个前腿做出了抱头的姿势，这一个动作让我起了恻隐之心，再也下不去手了。从此，杀田鸡的事情我无论如何都不愿意去做了。逢年过节，家里免不了要杀鸡，这样的事情我是从来不敢去做的，最多就是在大人旁边观看，心中还是有些不忍。

说到田鸡，就不能不提小蝌蚪。小时候虽然没有看过《小蝌蚪找妈妈》的故事，但从小的观察和经验教会了我，青蛙是由河里的小蝌蚪变来的。小时候的学习比较轻松，除了做些家务，还有不少的时间去河边玩耍。那时候，看到河里一群乌黑的小蝌蚪，在自由自在地游动，就十分好奇，它们显然不会变成鱼，因为最小的鱼也是经常能够见到的，和小蝌蚪长得差别太大了。不知从什么时候知道了，原来小蝌蚪就是田鸡的幼年阶段。小蝌蚪首先变成大蝌蚪，但要变成青蛙需要几个月的时间，不是中间的每一个阶段都能轻易看到的，毕竟家里人也不放心小孩子天天去河边。因此蝌蚪究竟是如何一步步变成田鸡的，对那时的我来说一直是个谜。

很多年以后，当我从一亿多年前的化石中，看到许多栩栩如生保存完好的青蛙幼年化石的时候，还常常想起小时候在河边看蝌蚪的场景。

养蚕的日子

小时候家里养过蚕，印象中持续的时间不算长，但短暂的经历还是给我留下了深刻的印象。家里养的蚕都放在一个扁形的竹匾上，竹匾长约一米七八，宽约一米。那时候，家里有很多不同形状和大小的竹匾，可以用来做很多事情，晾晒粮食是最主要的，过节的时候蒸的馒头也放在上面晾凉。夏天的时候，在外面乘凉，人可以睡在最大的竹匾里。每每想到蚕宝宝与自己睡过一样的床就觉得很有趣。

家里养蚕算是一个副业，等蚕宝宝吐出来的丝结成蚕茧，就可以拿去卖钱了。听说蚕茧被人收购后，主要用来制作丝绸的原材料。农村并不具备制作丝绸的能力，但听说城里有丝厂。我们家里只会制作麻布，用的是一台老式的木质织布机。印象之中，家里只有奶奶会做，我们小孩子不会操作，只有在旁边看的份。织麻布的过程要用到木头做成的梭子，在奶奶的娴熟操作下，梭子在织布机上不间断地来回奔跑，我觉得很好玩，也觉得有点神奇，因为这大概是那时候我们家里拥有的最复杂的机械了。长大之后，虽然去过很多的地方，但一直很遗憾，迄今还没有机会欣赏到丝绸的制作过程。

　　还是回到蚕的话题上来。刚拿回家的时候还是蚕的卵，芝麻大小，黄黄的颜色，但需要几天才能看到蚕宝宝从壳中爬出来，我已经不记得了。说实话，看到蚕宝宝，就像看到其他毛茸茸或者软绵绵的小动物一样，我一般是不喜欢的。譬如，钓鱼或者钓田鸡，或者为鸭子找食物都离不开蚯蚓，然而事实上每次用手去拿，我都感到很不舒服。但是，既然家里养蚕，有时候难免会被叫去帮忙，需要用手把蚕宝宝轻轻拿起来，帮它们转移到清洁的地方。好在接触蚕宝宝是安全的，知道它不会咬人，好歹也就不害怕了。相较而言，我更愿意去采集桑树的叶子，拿回来喂养蚕宝宝，一边把叶子撕碎，一边观察蚕宝宝进食的过程，还是一件饶有趣味的事情。

印象中，小时候村里长的桑树比现在多。除了叶子可以用来喂养蚕宝宝，桑树的果实才是我最喜欢的东西。桑果最开始是青色的，慢慢变黄，然后变红，最后变紫。每次听到别人使用成语"红得发紫"的时候，我的脑海里就会浮现出小时候观察到的桑果颜色的变化。经验告诉我，只有当桑果颜色变成紫色的时候，吃起来才是最甜的。成年后，因为工作的原因，我经常还会去到很多乡村，偶然见到桑树上发紫的果子，还是忍不住要摘下几颗，尝尝童年时的味道。

我清楚地记得，小时候家里面也经常会使用蜡烛来照明，结合养蚕的经历，脑子里也会常常回味李商隐的诗句"春蚕到死丝方尽，蜡炬成灰泪始干"。蚕的一生要经过卵、幼虫、蛹和成虫这四个阶段。但可惜的是，一直还没有机会看到蚕蛹化为蛾的过程。

其实，家里养蚕的经历，给我带来的最大乐趣，是看蚕茧如何奇迹般被编织而成的过程。蚕开始吐丝的时候，如同进入了一个新的境界，这时候不要给它们喂新的桑叶，只需要在它们的周围放上一些支撑的东西，我印象中我们家用的是树枝。看到蚕宝宝吐出的丝越来越多，一步步把自己包裹起来，最后形成一个椭圆形的壳，蚕茧也就大功告成。

养蚕的经历，让我对"作茧自缚"这一成语有了自己独特的理解。蚕吐丝结茧本来是为了最终成为美丽的蛾，然而由于人类的自私，才将不幸强加到它们的身上，反过来不加同情，却加以嘲笑，这难道不是一种残忍吗？

我 与 知 了 的 故 事

如果问我小时候最熟悉的声音是什么，我首先想到的一定是知了的鸣叫。

知了是蝉的俗称。每年的夏天，知了从早到晚的叫声起伏不定，像是唱歌，又像是吵闹。古时候的文人们见到栖于高树的蝉，常常触景生情，认为它们餐风饮露，或将它们当作清高风雅的象征，或联想到凄楚哀婉之情景，借以抒发自己的抱负和情操，因此留下过不少脍炙人口的诗歌。

我对知了的认知可俗气了很多，完全没有文人们的诗情画意。知了的叫声大小在我的印象中，完全就是和天气炎热的程度成正比的。炎热的夏天不仅白天热，晚上也热，知了自然也不消停。不过，想到知了还能给我带来种种好处，这样的鸣叫声对我来说就完全不是一件困扰人的事情了。

其实，我最喜爱的是知了的壳。外形与知了很像，中空而弯曲，但很薄，半透明，外表带有光泽，多为黄棕色。那时候我并不知道知了壳究竟有什么药用的价值，但知道自己收集起来的知了壳可以拿到药铺去卖钱。对于家境并不好的我来说，知了真是一个宝啊！每年的夏天，天一亮，我就会起床开始采集知了壳的工作。我的两个弟弟一般与我一同出发，展开小小的竞赛，看谁找到的多。每天推开门，便有一股清新的空气迎面扑来，找寻知了壳的过程如同一次户外探索，既有野草的清香，也有树枝上悬挂的水滴，一切都是那么干净、清澈。

之所以起个大早去采集知了壳，一方面的原因是要赶在上学之前；另一方面是存在外部的竞争。村子东头的一户人家也有一位勤劳的学生，每天也起得非常早，资源毕竟是有限的，被他人搜索一遍的地方发现知了壳的难度自然就大了不少。好在大多数的孩子没有这么勤快，懒觉还睡不够呢，而且村庄前后地方并不小，能不能从高低不一的树枝或竹枝上发现它们，还得有一双好眼力，当然更需要的是耐心。我们通常各有侧重的地盘，因此这样的竞争从来没有起过什么争执，偶然碰上还有些惺惺相惜的感觉。

如果早上的工作是找寻知了壳来换钱，那么白天的任务就是捉知了。知了又有什么用处呢？你可能首先想到的是它的肉可以吃。确实，偶尔我们也会将知了烤熟后，从它的身体扒下一些肉来解馋，然而我的印象中，这样的经历不是很多，一是肉太少，二是味道也很一般。实际的情况是，我捕捉知了是为了拿它来喂鸡，这样鸡就能快快长大，好去下蛋。

发现知了壳的地方通常都不是很高，找到了用手直接取下就可以了；然而知了是活的，而且一般在树冠上栖息，要想抓住它们就得使用工具了。通常我使用的是几米长的竹竿，细的一头扎上一个小的塑料袋，袋口用一圈铁丝固定，发现爬在树上的知了后，只要用袋口对准它，剩下的就是请君入瓮了。还有一种常用的办法也是用长竹竿，在细的一头沾上一团用面粉制作的黏剂，一旦对准了粘上，知了也就束手就擒了。

从小我便知道，知了是知了猴在夜间退了壳后长大的昆虫。成语"金蝉脱壳"恐怕就源自古人对知了发育这一现象的观察。虽然偶尔我也在傍晚时分，寻找破土而出的知了猴，好逮回家喂鸡，不过当时我更好奇的是知了猴脱壳成为知了的过程。观察的第一步当然是发现爬到树上的知了猴，然后就是耐心的等待了，能够亲眼旁观这一过程，实在令我感到惊奇。通常看到小知了完全脱壳后，我会不忍心捉回小知了，只是将知了壳带回家。

自然探索篇

远 方 的 山

　　我的家乡江都位于长江下游之北岸，是长江河口冲积形成的。这里地势的最大特点是一望无际的平原。别说没有山，就连一个小山包也都是看不见的。然而，小时候我却能见到山，只不过那是远方的山。那时候，遇上天气好的时候，站在房顶上才能依稀看到山的轮廓，大人告诉我那些远方的山位于镇江，与江都一江之隔。

　　我所在的村在地图上位于江都的西南角，与长江的直线距离不足十五公里，长江之南即为镇江。虽然那时候的自己对山的形成历史和岩石组成完全没有概念，但这已经让我感觉非常神奇和向往，期待将来的某一天能够走近看看，解答我心中无数的疑问：我也想知道家里偶然见到的石块，究竟是从什么样的山上运来的。

我对山的憧憬可能还离不开《白蛇传》故事的影响。小时候跟在大人后面看扬剧，许仙、白娘子以及法海的故事给我留下了深刻的印象，白娘子水漫金山的故事就发生在镇江。想到金山寺，必然就联想到镇江的山。那里的山其实不高，但话说"山不在高，有仙则灵"①，美丽的传说赋予原本自然的山更多的魅力。所以看到远处的山，我仿佛相信，《白蛇传》描绘的那些传说中的事情似乎真的曾经在那里发生过。

我在上大学之前就没有离开过江都。等到我近距离看到山，已经是上大学以后的事情了。从我的家乡去南京上学，经常是经过镇江的，汽车到了镇江还得先上轮渡，才能过江。从镇江至南京的沿途，我第一次清晰地看到了山的真面目。大学时代，我

---

① 出自刘禹锡《陋室铭》。

学习的是地质学，从此与山结下了一辈子的缘分。镇江的山属于宁镇山脉，南京、镇江间的一条山系，大体呈东西向分布，是江苏省的主要山脉。

大学的野外实习虽然疲惫，但行走在山间的小路或攀上山顶，看山雾缭绕的山峰，成了我最为欣赏并拍摄最多的一道风景。这时候我不仅走近了曾经朦胧的山，而且读到了山所隐藏的秘密。

小时候看到的山，送别我奔赴南京，然后又见证我离开江苏，迈向了更远的远方。如今，在我最为欣赏的自然景观中，除了原始森林和草原湖泊，大概就是形态多姿多彩的山了。无论是空中飞行，还是坐在高铁上，我依然会喜欢察看变幻莫测的山景，只不过现在的心情与小时候已经有了很大的不同，传说中的神仙已经远我而去，心中所想的已由我所学到的地质学知识取而代之。我想到的是地壳的运动、海陆的变迁，以及自然风化的巨大威力，塑造了我们今天所看到的自然景观。然而，唯一不变的是我对山景的喜爱，以及山对我而言，依然存在的神秘之感。

后来的学习和工作旅行，让我有了更多接触山的机会。真所谓山外有山，无论是泰山的雄伟、武夷山的妖娆和秀美，还是阿尔卑斯山的壮美，我都十分地喜欢，并能欣赏它们各自的风格。在国外，给我留下印象最深的一次，是美国犹他州的盐湖城。当时去参加郊外的一个学术会议，当我步入一个大房间时，立刻被映入眼帘的一幅美丽的"风景画"所吸引，然而经同事提醒，我才发现原来这是一个四面都是玻璃的屋子，我刚刚看到不是画，而是屋外真实的风景。湛蓝色的天空下，白皑皑的大雪覆盖的山坡上，是一棵棵深绿色、挺拔且造型优美的松树，它们又是如此完美地被安排到了一起，自成艺术。这让我感慨万分，久久不愿离开。这是我第一次真正体会到了什么叫风景如画！

回想起来，从第一次近距离看山到现在，已经过去了四十五年的光景，我也走了很多地方，看了世界各地许多的山，我这才意识到，小时候看到的远方的山，原来不过是距离我的家乡最近的山。

　　近年来，我曾应邀参加一个名为"高山书院"的公益组织的教学活动，书院之名取自《诗经》中的"高山仰止，景行行止"，其宗旨是弘扬科学精神，促进科学传播。高山书院发起的最为成功的一项公益活动，也冠名为"高山科学经典导读"，我很幸运地参加了第一场的导读，介绍了达尔文最为经典的著作《物种起源》。真所谓山高路远，道阻且长，大自然有高山，学术也有高山。

我用雪水做实验

记得小时候见到的雪比现在多，不知道这是不是和全球变暖有关系。无论如何，下雪的天气一直是我比较喜欢的，正如我喜欢南方的冬梅，或许与我冬天的生日也有关。晶莹剔透的雪花，在空中任性地飘舞，再安静地撒落在大地上，这一切在我的眼里不仅是浪漫的，还是圣洁的，一扫凡尘世间的纷扰和污秽，还世界一个清静和洁白，哪怕是短暂的，也弥足珍贵。

从小对雪的迷恋，让我不自觉地开始了对雪花的观察，它们构成一幅幅精美的图案，如同天然的艺术作品。雪花还带给我很多的疑问，为什么它们大多是六角形的？为什么每一片雪花似乎长得不太一样？雪花又是在多高的天空才能形成呢？

有一天，不知道从哪儿看到或者听到这样一个消息，说是雪水有助于植物的生长。虽然对此我有些将信将疑，但这已经足够让我感到兴奋，于是催生了我的第一个科学实验。顺便说一句，我产生这样的想法主要是出于好奇，那时候的乡村小学才不会关心什么科学实验。不得不坦白的是，我想做这样的实验，也有功利的一面。从小家前屋后都会种植丝瓜、南瓜、茄子、豇豆、西红柿一类的瓜果蔬菜，我琢磨，如果雪水真的能够让它们长得更好，那该多好！

然而，下雪是冬天的事，而家里种植这些果蔬一般从春天才开始呢，因此实验的第一步，就是琢磨如何储存住这些雪水。雪的资源几乎是无限的，而找到储存的容器也不是很大的问题。家里面有很多坛坛罐罐。为了提高效率，我找来弟弟们帮助我，他们自然十分地配合。记得大人们虽不相信这能有什么用处，但也绝不干预我们。于是，我们找来几

个约莫四五十公分 ① 高、圆柱形的空瓷罐，开始往里面装新鲜的雪，并不断将它们压实，以便容入更多的雪。等到都装满之后，还得盖好，然后用塑料袋封口，之所以这么做，是担心天气变暖之后，雪水会蒸发掉。

完成了冬雪的封存之后，我们就只能静静等待春天的到来了。记得大约清明节过后不久，等到家里种植的瓜果蔬菜长出幼苗之后，我们就已经按捺不住，打算开始真正的实验了。打开封存了两个月左右的雪罐后，首先是有些失望，因为满满一罐子的雪，现在只剩下不到一半的雪水，这迫使我们更加小心翼翼，生怕损失一点这些珍贵的样品。

我们用这些雪水分别浇灌了丝瓜和茄子的幼苗，大概浇了几次就用完了，然后就期待奇迹出现，看看我们特别照顾过的丝瓜和茄子是不是长得更快，甚至结出来更大的丝瓜和茄子。你大概也猜到了，

① 公分是旧时的长度单位，1公分等于1厘米。

我们没有看到期待的结果。

　　这样的实验，我印象中坚持了几年，后来因为看不到显著的效果也就不再坚持。现在回头想来，这算不上严格的科学实验。首先，存储的雪水量太少，而且没有做很好的实验计划，也没有做任何的记录，更缺少严格的对照。

　　实事求是地说，这甚至都称不上是一个科学的实验，至多算是科学的探索；然而这一有趣的经历曾经让我兴趣盎然，充满了期待，学会了努力去尝试，不要轻易地放弃——更为重要的是，它还让我懂得，失败也是科学研究的一部分。

　　科学探索尚且如此，生活又何尝不是呢？

百年黄杨树

  我家屋前有一棵黄杨树，准确地说是小叶黄杨，据父亲说，已有百年的历史。这棵黄杨树见证了我的成长，目前还依然健康地生长在我们家的小院里，它就像一位时光老人，历尽岁月的沧桑，一直为我们这个家忠实地看家护院。

  小时候，记得它的树干才拳头一样粗，高度比现在稍稍矮一些，生长的速度确实是我见到的树木中最慢的。我最为喜欢的是它的四季常青，尤其是到了冬季，当其他树木大多变得光秃秃、枯黄的时候，它的翠绿树叶更为珍贵。小时候，还非常喜欢它的果实，虽然没有什么实用的价值，但它的形状很特别，小小的圆形的蒴果，顶端还有三角形的分枝，有时候会摘下来玩。

从小我便听说，因为生长缓慢，所以小叶黄杨的木质特别好，是做木雕的优质材料。而且生长越久的黄杨木，其价值越珍贵。那时候家里穷，心里面常常盘算着什么时候把它卖了。究竟能够卖多少钱呢？有几次，冬天的大雪压断了这棵黄杨的一些树枝，让我心疼不已——幸运的是，它的生命力非常顽强，不多久新芽就重新长出了。

相比人的一生，小时候看到的黄杨树，今天似乎没有太大的变化。如今，每当一家人团聚，坐在院子里聊天歇息的时候，这棵百年的老树依然不厌其烦地在一旁安静地倾听着，而其茂密的树枝上吸引来了更多的鸟类，它们不时地会落到地面，接受人类食物的馈赠，同时也给我们家的小院带来欢歌笑语和勃勃生机。

去年的春节，我回家的时候，又仔细地观察了这棵黄杨树，它的主干约有二十公分粗，两根主枝也有十五公分粗，然而并不算多高，我估算也就四五米的高度。在它的身旁，还有一棵数十年的柿子树，长得更高，但论年龄只能是它的晚辈了。虽然家里曾有人建议拔掉这棵柿子树，但这棵小叶黄杨的地位是无法撼动的。

前些年，常常有人上门打听这棵树卖不卖，还有人出了很高的价格，但是就连平常最为节俭的父亲也都一口拒绝了。或许，在他心中，它已经不是一棵树，而是镇宅、家族兴旺的保护神。"家有黄杨，世代栋梁""家有黄杨，儿孙满堂"这样的俗语，显然没有任何的科学依据，但千百年来，中国的老百姓还是在黄杨树上寄托了很多美好的愿望。对于很多我们称为迷信的东西，它所起到的心理暗示和安慰有时候也是很重要的。

春节的时候，江都的一些领导来我们家慰问，他们都说还没有见过这么大的黄杨树。黄杨树可以长寿，但真正长到百年以上的小叶黄杨也还是不多见的。回想起来，我印象中，我们并没有给它什么特别的照顾，相反，柿子树还常常施肥，而靠在院墙边的它实际上是被冷落的，就连阳光也不是特别的充足，不过下面的土壤倒是经常比较湿润，这对喜欢潮湿环境的小叶黄杨可能是非常有利的。另外一点，过去很长时间里，我们家养的鸡居住的鸡窝就在它的旁边，难道这些天然的肥料是它长盛不衰的原因？

听说，露天土地上自然生长的小叶黄杨寿命比盆栽的要长，我想道理其实很简单，因为前者获得了更好的生长空间和通风环境——自然环境是如此重要，人的生长又何尝不是如此呢？这恐怕也是这些年我比较热心推动自然教育的原因之一吧。

竹园的记忆

　　小时候，村子里很多人家屋子的后面都长有竹子，大家都称之为毛竹，不过我们家的竹子又细又矮，然而村庄东头人家的竹子又粗又大，这让我很是羡慕。因此，经常跑到别人家的竹园里面去玩。竹园的绿色是吸引我的原因之一，尤其是清晨的竹叶上还挂着晶莹的露珠，带给我一尘不染的纯净感。

　　小时候画画，印象中最喜欢的就是画竹子了。那时候没有彩笔，只能用铅笔画，而且用的纸张也没有讲究，但感觉竹子比较容易画，只要抓住几个主要的特征，画出来的竹子就能像模像样的，因此也很有成就感。

　　1976年唐山发生了大地震，震惊了全国。我的

小时候看到的山，送别我奔赴南京，然后又见证我离开江苏，迈向了更远的远方……只不过现在的心情与小时候已经有了很大的不同，传说中的神仙已经远我而去，心中所想的已由我所学到的地质学知识取而代之。我想到的是地壳的运动、海陆的变迁，以及自然风化的巨大威力，塑造了我们今天所看到的自然景观。然而，唯一不变的是我对山景的喜爱，以及山对我而言，依然存在的神秘之感。

家乡也纷纷建起了防震棚，村里的小学也不例外。但在盖好防震棚之前，有大约两个月的时间，学校居然把教室搬到了校园后面的竹园。这一段难忘的经历给我留下了深刻的印象。记得每天上课之前或者课间，我们最大的乐趣就是爬竹竿，虽然这样做对竹子的生长并不好，但老师也不禁止，每每爬到竹子的中间高度，竹竿就已经弯曲得比较厉害。但能爬到一半高已经很不错了，印象中比爬树的难度大多了。

我从小对竹子的喜爱，不仅是出于欣赏，更有实用的考虑。那时候，木材还是比较紧俏的，而竹子似乎随处可见，因此被用来制作很多常见的日用品。篾匠们用竹子做成各种形状的竹匾、竹篮、竹椅、筛子、簸箕，等等。竹竿被做成扁担，竹枝被编成扫把。除此之外，无须多少加工，竹竿也被直接用来晾晒衣服、搭架子、捉知了、钓田鸡或者敲打树冠上的野果。

如今每次回家探亲，我都会想着去屋子后面的竹园看看，赶上竹笋破土而出的季节，还可以顺便品尝一下新鲜出炉的竹笋。当然，最让我难以忘怀的还是竹园地面上长出的野葱，虽然个头很小，和生长在一起的杂草相比，数量上也完全不占优势，但物以稀为贵，随手摘下一根，用手指揉一揉，再靠近鼻子闻一闻，就一定会让你为它的清香味所陶醉。我们家通常会用它来和面做烧饼，比起餐馆里吃到的各种煎饼，我敢打赌，味道要好得多。

细细想来，竹园带给我的记忆中，居然也是"色、香、味"俱全了。常常听人说，小时候的记忆是最为刻骨铭心的。成年之后，无论走到哪里，看到竹子，总是会让我感到格外的亲切。在我的心中，这已经成了安静、纯洁的象征。苏东坡显然也是很喜欢竹子的，他甚至写出了"宁可食无肉，不可居无竹。无肉令人瘦，无竹使人俗"的诗句。

清朝扬州八怪之一的郑板桥，既是书法家，也是文学家，特别擅长画竹，他笔下的竹子摇曳多姿，飘逸俊朗。中国的传统文化中，竹子因其笔直、挺拔、有节、洁净清秀的外形，中空、飘逸的特点，常常被认为是象征着生命的坚韧、不屈不挠和谦虚的品德。

　　然而另外一个扬州人，他的名字叫丁文江①，不仅是中国地质事业的奠基人之一，还是一位著名的博物学家，曾担任过民国时期中央研究院的总干事。他还是上个世纪中国思想文化领域曾经爆发的"科学与玄学之争"中科学派的代表人物之一。他却不喜欢竹子，他曾写过一首诗《嘲竹》："竹似伪君子，外坚中却空。成群能蔽日，独立不禁风。根细善攒穴，腰弱惯鞠躬。文人多爱此，声气想相同。"

　　同样是竹子，在人们的眼中，其寓意却可以如此大相径庭，其实也无须大惊小怪。借物咏志或抒发自己的情怀，这才是诗人写诗的本意。人们还常说，我们每一个人心中都有一个哈姆雷特，这世界因其多样性才更具魅力，社会与文化也是如此，千篇一律的东西恐怕才是最让人感到乏味的。

_____

① 丁文江是江苏泰兴人，泰兴原隶属扬州，故作者在此称他为扬州人。今泰兴为泰州下辖市。

四季的色彩

　　我的家乡四季分明。虽然春夏秋冬都能欣赏到五颜六色，但小时候春天留给我印象最深的颜色是绿色，夏天是黄色，秋天是红色，冬天则是白色。

　　绿色是春天到来的标配。各种树醒来，大自然在广袤的大地上，先是泼洒上一片片黄绿色，然后将其涂抹为绿色，最后再蔓延到各个角落。然而，让我印象最为深刻的，还是那一片片绿油油的麦田，它们的绿色带给乡下人未来收割庄稼的希望。

　　春天的绿色带给我的不仅仅是希望和视觉的享受，还同时伴有味觉的满足。各种绿色的蔬菜应接不暇地走进了厨房，青草被用来喂猪，桑树也可以被用来养蚕。最让我难以忘怀的，还是生长在家后面的枸杞叶子，用手轻轻地从枸杞树低矮的树枝上抹下来，清洗干净后，再与面粉和在一起，就可以做出清香可口的烧饼。在我的家乡，红薯叶子下面的茎，还能用来炒出一道外边的餐馆很难品尝到的美味。通常先从田地里摘下茎叶，将叶子摘下拿来喂猪，留下的茎需要用手撕掉外边的一层皮，剩下的茎是青绿色的，被分成几段之后，炒好吃起来十分的清脆。

除了绿色，春天还是春花烂漫的时节，也是四季之中最为多姿多彩的季节。李白的"烟花三月下扬州"，或许是描绘我家乡的春色美景最生动的诗句。家前屋后开满各式各样的鲜花，定义了何为春色满园，然而每每在春雨过后，方才展露出最为美丽动人的身影。春天的油菜花带来的才是真正的视觉盛宴。在周边麦田绿色的背景下，一片片的黄色方块显得更加明亮和璀璨，五颜六色飞舞的蝴蝶也只不过起到点缀的作用。

夏天的绿色相较春天，变得更加深沉、厚重。

朱自清先生是从扬州走出的著名散文家①，我在高中的时候读到他在《绿》中描绘的那醉人的绿，便一下子被感动了。不过，夏天在我小时候的记忆深处最为醒目的色彩却是黄色。田地里先是金黄色的大麦、小麦，然后是水稻，它们的黄色浓缩了乡下人一年中最大的期盼。枯黄的玉米秆和玉米叶子虽然谈不上绚丽，然而在它们的遮护下，沉甸甸、金黄色的玉米棒在我的眼里才是最为美丽的。

在无情的秋风扫荡之后，大多数的树叶由绿色变成了黄色，四处飘零。桂花在中秋时节按时吐露出迷人的芬芳，随风飘落的花儿也同时给大地装点上黄色。最为壮观的是银杏树的叶子，大片黄色的叶片留给我的印象最为深刻。然而，在黄色的背景下，少有的红叶成了我记忆中秋天的颜色。院子里的玫瑰在秋天里依然顽强地绽放，它们的鲜红色在那样的时节显得尤为卓尔不群。

---

① 朱自清曾定居于扬州。

秋天也是收获的季节。黄黄的银杏果挂满了树枝，枣树的果在秋天终于变成了红色，仿佛向路人宣示它的成熟。每次走过邻居家门前的石榴树，看到慢慢长大的石榴果，都会被它鲜红的色彩所吸引，而且默默期盼什么时候自己的家里也能长上一棵石榴树。秋天里最让我难以忘怀的还是我们家后面的鸡爪子树，打完霜之后，长得像鸡爪的果也变得有些发红，这时候才是味道最甜的。

经历了春夏的繁忙和秋季的转换之后，冬天变得安静了很多，也褪去了光艳。小时候留给我印象最深的色彩是白色。通常早晨才能见到的霜如同轻纱将大地遮盖；家里放在外面的水缸，一到冬天，水面上就会结成一层厚厚的白色的冰；当然，小时候冬天记忆中最为深刻的还是漫天的大雪，它们将大地上的一切都包裹成白色。即便大多数的树木和花草已经变得枯黄，也还是有一些常青的植物，譬如冬青树、黄杨树、桂花树，它们顽强地支撑着绿色的记忆。冬天里我最喜欢的花儿是蜡梅花，不知道这是否与我腊月出生有关，我看到在寒风凛冽中绽放的蜡梅花，感受到的是顽强的生命力，同时也不由让我想起陆游"无意苦争春，一任群芳妒"的诗句。

记得小时候写作文，常常把春天的到来比喻为春姑娘的脚步。人的一生恰如四季的变幻交替，就连人一生的穿着服饰也如四季有所不同。春天如同羞涩的少女，她们喜欢清纯的服装；夏天如同热情奔放的女郎，她们的打扮会更加艳丽；秋天更像是成熟的中年妇女，她们的穿着不再追求华丽，而是更讲究优雅的气质；而老年的妇女经历了岁月的沧桑，她们的服饰往往像冬天的色彩一样，比较单一、稳重。然而，正如四季也可以看到五颜六色一样，不同年龄段的男女老少也不都是喜欢一样的色彩。人的个性多样或许正如生物的多样性一样，才使得这个世界如此多姿多彩。

原来，四季色彩的变幻才是最吸引人的地方。

正如四季也可以看到五颜六色一样，不同年龄段的男女老少也不都是喜欢一样的色彩。人的个性多样或许正如生物的多样性一样，才使得这个世界如此多姿多彩。

　　原来，四季色彩的变幻才是最吸引人的地方。

人物篇

我的爷爷

爷爷是一位老实人。他不善言辞，也没有学过任何的手艺，算是一个地地道道的庄稼人，最大的爱好，大概就是抽些非常廉价的烟了。在我的记忆里，他是与我陪伴、交流最多的大人。除了干农活和笨重的家务外，家里面的大事他从来不会过问，不过对我们这些孙子辈的孩子絮絮叨叨起来，还是很有耐心的。

我从他那儿了解最多的大概就是家族的历史，包括远房亲戚与我们家之间的谱系关系。每次说到我们家祖上曾经有一百多亩的土地，曾经开过钱庄、出过教书的先生，他似乎都流露出一种油然而生的自豪。

爷爷很享受的另外一件事情大概就是泡澡堂，当然主要是冬天。那时候的澡堂没有淋浴，只有一个大池子，所有的人轮流在里面泡，热气腾腾的，累了就到台子上坐一下，然而再下去接着泡，往往去一次需要几个小时。我没有那么大的耐心，每次跟着爷爷去洗澡，总感觉池子不干净，而且闷得慌，很快就会先跑出来。

小时候看电影如同过节一样的稀缺和神圣，而且通常需要走出几里地才能看到。印象最深的场景，是爷爷用肩膀扛着我站在熙熙攘攘的人群中观看电影。爷爷的肩膀承担最多的还是扁担。他不仅负责挑家里水缸中的水，还要给家里的自留地浇水。印象比较深的还有一件事情，就是爷爷帮一户有钱人家挑水，大概每次能够挣得五毛钱，每个星期能挑一次。这在当时算是一个好差事，毕竟家里零花钱实在太少，还要供四个孩子上学。我每次也像一个跟屁虫似的跟着他后面。夏天的时候，爷爷通常光着上半身，穿一条宽松的短裤，由于营养不良，爷爷的脸色没有太多的光泽，骨头外似乎没有多少肌肉。看到爷爷消瘦的身影和吃力的样子，感觉很不是滋味，心里面不时想起旧社会长工的形象，甚至还想到过一个问题，这算不算是剥削呢？看到爷爷吃力的样子，虽然有些心疼，但想帮忙也是心有余而力不足。

忘了从多大开始，我干的家务事之一就是担任爷爷的助手。施肥是一项苦力活，猪粪是最主要的肥源，家里唯一的一辆木质独轮小推车是最主要的运输工具。车的两翼放上两个大的粪桶，推车的人肩膀上搭一根长鞭绳，两头套在车的两个把手上。爷爷推车，我则在前面负责拉车，也就是用一根绳索一头系在车前的横杆中间，另外一头抓在手上，搭在肩膀上，多少起到一点帮助，尤其是遇到沟沟坎坎时。等到我上高中的时候，就开始尝试自己推车了，平衡是一项技术活，尤其是田间的路并不平坦。有一次，我将一车粪推翻掉了，但大人们并没有责怪我。

爷爷是一个生性怕事的人，从来没有去过城市，印象中也从来没有见他与别人吵过架。当我开始上大学，每次回家，他叮嘱最多的就是在外面要安分守己。我曾经好奇地问爷爷，你有没有想过去当兵？我之所以这么问，大概是小时候听到的革命故事太多，另一方面我老家江都曾经是抗日游击队和新四军活跃的地方。他回答说："确实也有人来问过，但我不敢啊。"

爷爷辛勤劳作了一辈子，老了也没有享受到多少清福。最后一次与爷爷一起过春节，应当是我去北京读研究生的第二年。当时读研所在的研究所给我们发了一个收录机，个头不小，但我还是把它从北京带回家里，主要是为了让家里人开开眼界。我知道爷爷的身体已经很不好，就想录下一些他的声音留着纪念。那一天他聊了很多，声音也格外洪亮，重复最多的一句话就是"听说外面有人闹事，你可千万不要参加"，我自然答应得很坚决。非常蹊跷的一件事，就是录音的过程中，我们家的猫一直在旁边叫，赶也赶不走。过了两天，猫居然莫名其妙地死了。虽然我打小就不太迷信，但不祥的阴影还是沉甸甸地压在了我的心头。过后父亲才写信告诉我，在我离开家不到半个月，爷爷就去世了。那时候的交通远不如现代便捷，从家里去南京需要几个小时的汽车，再从南京坐火车到北京需要二十多个小时。没能回家给爷爷送葬，成了我一生的遗憾之一。

我 的 父 亲

　　我的父亲出生在上个世纪的四十年代，是一位中等身材、不善言辞、性格较为内向的人。他只上到初中毕业，就不再上学，不是因为学习不好，恰恰相反，我父亲在初中的学习一直名列学校的前茅，但当时地方上缺干部，当地有一个下放政策选中了父亲，家里比较贫穷可能也是被选中的一个原因。在他的同村同学之中，学习不如我父亲但家庭条件比较好的，有的上了高中，后来担任了本地学校的老师，有的甚至上了大学。

　　虽然父亲学习那么好，没有能够继续学习，或许是他一生的遗憾，但我们很少听到他抱怨。当改革开放后，他的四个子女陆陆续续考上了大学，看得出他是从内心感到十分骄傲的。我常常想，父亲的遗憾或许减轻了许多。

从我记事起，父亲就一直担任我们周家大队的会计，虽然后来周家大队改名周家村，但村里的人见到他都一直叫他大会计，这是大队会计的简称。他在这个位置上兢兢业业，一干就是几十年。大队会计也是大队的干部，但排在他前面的还有书记和大队长。我有时候也想，父亲的口碑一直很好，群众中的威信也很高，为什么就从来没有升职呢？在我成年之后与他闲聊到这样的问题时，他总是很不以为然，说当官没有什么意思。其实，在我看来，父亲就是太老实，对那些他看不惯的人和事，有时候在家里也常常唠叨。我后来想，父亲虽然很少给我们讲大道理，但这大概就是所谓的言传身教了吧。

小时候在我的心中，父亲是家庭的顶梁柱。有什么大事，他会拿主意，家里的大小开支也是他负责的，家务事一般他就不参与了。在那个人民公社的年代，爷爷、母亲靠参加生产队的劳动挣得工分，而父亲所得的工分是固定的，我印象中与一个壮劳力所挣得的工分差不太多，但工作显然轻松了不少。因此，我那时候就觉得有文化还是比卖苦力要好。

我和弟弟妹妹们所上的小学就在村里，走路不超过十分钟，除了每学期的学杂费，上学基本上是不用父亲操心的。每学期开学的时候，是父亲最为忙碌的时刻。他帮我们做得最多的一件事情，就是帮我们包书皮。书皮的原料都是就地取材，旧挂历的纸张最为光亮，而且好看，是我们最喜欢的；如果不够用，就只能采用发黄的包装纸或者旧报纸。父亲用一把剪刀，耐心地裁剪、折叠，看父亲认真的样子，仿佛是在做一件艺术品。

当我和弟弟妹妹们分别上了高中、初中，并且要到外地住校的时候，家里的负担陡然增加了起来。这个时候，大队的田书记，也是我父亲最为尊重的一位老领导，给我们家雪中送炭，帮忙解了燃眉之急。他让我母亲去了村里的小卖部工作，从而有了额外的收入，能够勉强承受四个孩子的上学负担。

从此，母亲除了在小卖部工作，还得兼顾农活，但很多时候是分身无术，于是父亲也在田书记的默许下，逐渐开始在小卖部兼职帮忙，不仅要骑车去乡里供销社进货，还要与母亲轮流站柜台。父亲是很要面子的人，我无法揣摩父亲当年的内心感受，但是为了子女的上学，我想他并没有顾及那么多，也从来没有听到他有过什么样的抱怨。

父亲是一位不愿意求人帮忙的人。但偶尔去求人，都是迫不得已，而且一定是局促不安的。在我上高中的时候，家里需要盖房子，木料很难买到。有一天，我陪父亲去拜访一位远房的长辈亲戚，请求他的帮忙，他是另外一个乡的领导。大人们忙于交谈，我也在一旁听着，具体的细节已经忘记了，但远房亲戚对父亲说的一句话牢牢印刻在了我的脑海中，他对父亲说："你当了这么多年的干部真是白当了。"我已经记不清父亲当时尴尬的神情。

父亲在七十岁那年不幸中风，性情发生了很大的改变，我回家的次数也比过去多了不少。每次回去，通常会陪着父亲去外边散步，路上遇到村里村外的熟人，见到父亲还是叫他大会计，有的还会专门停下来与他闲聊几句。每当我搀扶父亲出去的时候，都一边和他拉家常，一边鼓励他，恍惚间有了时空穿越的错觉，只是我们父子俩调换了角色。

我 的 母 亲

　　我的母亲出生在一个与我们乡相邻的小镇上，离我们家也就十二三里地。母亲祖上也算得上是大户人家，虽然学习也不错，但据她说，小学毕业后就不想再上学了，而是喜欢劳动，何况还要帮忙照看小弟弟。母亲曾对我们回忆说，在有一年县里面召开的一个教育活动上，她见过父亲，当然并不认识，只是远远地见过。父亲当时是曹王中学的大队长，站在学生队列的最前面，扛着旗，但母亲说父亲并不起眼。后来，母亲是通过别人介绍认识父亲的，母亲之所以看上父亲，还是因为父亲的人品和在当地的口碑。母亲的性格和选择注定了母亲一生的命运。

母亲留给小时候的我最深的印象就是勤劳。我和弟弟妹妹们的学习，她几乎是从来不用过问的，不仅因为有父亲，还因为有各种各样的农活，以及照看我们四个孩子的生活已经让她负荷满满。在我小时候的印象中，从早上起床开始，到晚上上床睡觉，母亲从来就不会休息的。我们穿的布鞋几乎都是母亲亲手制作的，最难的一道工序就是纳鞋底，这不仅是一件功夫活，大冬天的还不能戴手套，不小心伤着手也是常见的事情。

在那个人民公社挣工分的年代，每天一大早，我都会看到母亲与村里的大人们聚集在一起，拿着各种干农活的工具，或是肩上扛着锄头，或是手里拿着镰刀，在队长的指挥下，一起有说有笑地向农田进发；下工一般在太阳落山之后，他们还是成群结队地回家，虽然变成了一个个疲惫的身影。

农忙的季节，我有时候也会去看大人们劳动。最为难忘的场景是看母亲弯腰插秧、收割麦子和水稻。长时间弯着腰谁也吃不消，还不能坐下来休息，唯一能够做的，也就是直起腰来歇一下，与别人闲聊几句，然后继续弯下腰去干活。长期下来，母亲也落下了难缠的腰病。等到了包产到户的年代，当我自己也能够下田插秧的时候，才真正体会到了个中的艰辛。

母亲也是很要强的人，干活比一般的妇女要快。或许是因为父亲是会计，我对数字也比较敏感。我还大概记得，母亲每年能挣到大约三千左右的工分，与同村的妇女相比，是比较高的，而且与父亲当大队会计所挣的差得不多。我的印象中，再加上爷爷的工分，全家一年的工分到了年底换算下来，扣除分到家里的粮食的钱，大概就能剩下三十多块钱。那个年代，我听说同村在外的一个工人的月工资就有三十多块，十分羡慕，我当时就已经懂得了农民种田的辛苦。

当我和弟弟妹妹们开始陆续进入高中、初中的时候，家里的收入已经捉襟见肘了。从此，母亲和父亲开始了十多年身兼两职的工作。她开始了在村里的小卖部站柜台，店里就两名店员，两个人轮流值班。回到家之后，母亲就继续忙田里的事情，并且帮我奶奶忙家务以及照看我们几个孩子。我印象最深的场景就是每年除夕的晚上，当家家户户都已经放鞭炮，开始一家人团聚的时候，母亲还在小卖部坚守，因此那些年我们家的年夜饭可能是我们村最晚开始的。

家境的贫穷在母亲的脑海中烙下了难忘的记忆。我是从读高中开始离家的，每次离开家，她都会担心我路上挨饿，不停地叮嘱我路上要不要带吃的，要不要煮两个鸡蛋带上，这个习惯一直延续到了今天。我还清楚地记得，2011年我当选中国科学院院士后，给家里打电话报喜，只是想让父母高兴一下。母亲估计不知道院士究竟是怎么回事，还问我工资会不会涨啊。

母亲是属于对自己要求很严，但对别人十分宽容的人。孩子们贪玩这是天性，不管家里的事情再忙，她从来没有干预过我们，这一点与父亲很像，给予了我们最大的自由。母亲也是很要面子的人。

我是从高中开始住校的，知道刚刚离家的孤独，想到小妹这么小就出门，还是有些担心的，但印象中她表现得很坚强，似乎很快就适应了住校的生活。

别人送给我们家一些东西，她一定会大方加倍地补偿回去。见到村庄里哪家有困难，她都非常热心，因此母亲在村里的人缘非常好。去年母亲重病住院一个多月，我和弟弟妹妹们轮流去陪她，也请了护工。有一阵子她神志都有些不清，却从来没有忘记关心别人：老大吃好了没有？老二到家了吗？老三睡好没有？我们给她买的早点，她也要与护工分享。

父亲中风后，母亲成了家中的主心骨。她的视力很差，而且腰也做过手术，为了让父亲多走路，她不顾我们的反对，一直坚持搀扶父亲走，可是当父亲跌倒的时候，她知道已经没有力气将父亲扶起。去年母亲住院的那段时间，看得出父亲内心的焦虑和不安。晚年母亲的一个爱好就是与老人们打扑克，父亲总是很不高兴，因为母亲玩起来很专注，自然就冷落了父亲。母亲出院后，又开始玩起了掼蛋①，我发现父亲已经不像以前那样抱怨了。

---

① 扑克牌游戏的一种。

我的弟弟妹妹们

我有两个弟弟，他们排行老二、老三，妹妹最小。大概有了遗传的限制，而且生长在基本相同的环境里，所以我们有很多共同特点，譬如本分和勤劳，但我们兄妹四人的性格还是有不少差异的。

二弟是一个做事非常认真、仔细、玩心不大的人。因为与我的年龄最接近，所以我们一起出去寻猪草、挖野菜、收集知了壳的时候大概是最多的。我记得他小时候很容易生病。印象中，有一次他生病发烧，躺在厨房的一个临时床上，大概是这儿比较暖和的缘故，我常常走过去观察他的状态，那时候我完全不懂他生的什么病，特别担心他会不会死，心里面还是有些害怕的。二弟长大后，还成了我们家厨房里母亲的最好帮手，这些年我们全家过年聚会的时候，他已经是家里的大厨了。他的这一习惯很像母亲，眼里从来都是忙不完的活。

三弟性格比较活泼、好动，似乎小时候从来就不生病。他从上学开始就是孩子王，放学回家或者出去玩时，后面总是有几位同学做跟班。我印象比较深的一个场景是，他站在家门口哭起来气壮山河，一边张大着嘴巴哭，一边嘴上还在诉说自己为什么没有错。当时样板戏《红灯记》正是比较火的年代，三弟被村里的大人们戏称为"宁死不屈的李玉和"①。等他上了高中在外住校，有一年放寒假的时候，赶上了大雪，他等不来公共汽车，居然一个人拆了支蚊帐的竹竿，挑了行李走了十几里的地，独自走到了家。等到我们都长大后，父母有时候还会调侃他说，那时候他常常与小妹打闹，大人就会劝他说妹妹比你小，应当让着点，他反驳说，她一直

---

① 《红灯记》讲述了抗日战争时期，地下党员李玉和一家三代与日寇抗争、为游击队送密电码的英雄故事。

比我小，难道我要永远让她吗？长大之后，他也成了我们几个中个头最高、力气最大的一个。

　　小妹在我们兄妹中年龄最小，又是唯一的女孩，印象中家务活做得是比较少的。在她还没有上学的时候，我就听到学校的老师对我父母讲，她的学习肯定好，因为她的三个哥哥的学习都在班上名列前茅。事实上，她的学习成绩比她的三个哥哥还要突出，深受老师们的喜欢。然而，学习好也会带来麻烦。记得，她初一上的中学离家很近，不足一公里，可是这个学校并不太好，有的孩子陆续转校到另外一个镇的中学。小妹受同学的影响，也有了转校的想法，然而就因为她的成绩太好，学校老师不愿意放人，当时父亲还找了同学等的关系，费了一番周折，才最终成功转校。因此，小妹从初二开始就住校读书。我是从高中开始住校的，知道刚刚离家的孤独，想到小妹这么小就出门，还是有些担心的，但印象中她表现得很坚强，似乎很快就适应了住校的生活。

小时候的生活是比较清苦的。据母亲回忆说，有一次三弟中午放学回家，见到一锅的清汤寡水，一边哭一边就回学校去了。在那样的条件下，过节成了我们最期盼的日子。遇上中秋，通常家里都会做些烧饼，芝麻用杵臼研磨后，加些白糖制作成了又香又甜的馅。偶尔见到一块月饼，一定是一分为四，我们每个人分到一角，算是那时候尝到的最好的美食了。

　　由于兄妹之间年龄大致分别相差两岁，因此指望大孩子带小孩子是不太可能的。有一个印象比较深刻的场景，有一天，母亲去河边洗衣服，家里就我一个人留下来，负责看护还在摇篮中的小妹。记得小妹一直在哭，也许是没有吃饱或者见不到大人？总之，我就学大人不停地摇晃摇篮，居然将摇篮摇倒了，我那时候的力气太小，尝试了几次也无法把摇篮扶起，只好等母亲回家再说了。

　　弟弟妹妹们的学业，我似乎也没有帮上太多的忙。记忆中，我曾经用一根根大小相近的小树枝，不停地摆弄排列，在他们正式上学之前教他们数数，这大概就是我能想到的学前教育了。

我和弟弟妹妹们在上个世纪的八十年代，陆陆续续都考上了大学。那时候上了大学就是捧上了铁饭碗，因为大学生毕业国家是包分配的。在某种意义上，我们都脱离了农村，成了"国家干部"。四个农村孩子全部考上大学的消息成为当地的一条新闻，为此，江都电视台还专门到我们家做了一次采访。对我们家每一个人来说，都是第一次接受媒体的采访，就连平常不善言辞的父亲也打开了话匣子，这也吸引村里许多人过来看热闹。

上大学后，虽然我和弟弟妹妹们无法做到"父母在不远游"①，但春节全家的团聚，成为我们家几十年雷打不动的习惯。

---

① 出自《论语》。

从小学到高中的同学

在我上学的经历中，周心万是和我同学的时间最长的，从小学入学一直同学到高中毕业。他和我不仅住一个村，事实上我们两家就相差不足五十米的距离。我们年龄一样大，他比我个头稍矮，但天性乐观，比较擅长表达自己，而我一直是比较内向的。某种意义上，我们还算是远房的亲戚，其中的关系说起来有点复杂，说实话我至今也没有完全弄明白，但无论如何，他见到我父亲还是叫舅舅。

我们两个人同一年上了小学，而且都在一年级留级了一年，我认为当时自己尚未开窍，但他坚信那一年班上人太多，我们两个因为生日小，就一同被留了下来。无论如何，我们俩此后成了班上学习最好的两个人，在周家中小学这个"戴帽中学"① 上完初中之后，一起考入了县城的江都中学，随后我们也都幸运地考上了大学。比较遗憾的是，当年与我们一同入学但没有留级的同学们，因为小学毕业时还没有成立周家中小学这个"戴帽中学"，因此都到了附近的曹王中学上初中，他们中没有人考上江都中学，也没有一个人考上大学。

在同学之中，我们两个人一起活动的时间应当是最多的。我们两家的生活条件大抵也差不多，印象最深的恐怕就是中午放学回家后，我们两个每人端着一大碗的菜粥，在家门口的路上站着，边吃边瞎聊。饭分别是我们的奶奶做的，只是他奶奶年纪比较大了，还有一头的白头发，因此最让我觉得好玩的事情，就是他的碗里经常吃出白头发来，我常常拿这件事与他开玩笑，看得出他的脸上写满了无奈。因为这种情况经常出现，也就习以为常了，似

---

① 即在小学的学校里招收初中生。

乎一点也没有影响到他的胃口。

记得上五年级的时候，我们班插班进来一个女生，不仅长得很漂亮，而且气质也非常好，一看就是从城里来的，这也成了我俩的谈资。她的家就在我们村子的东头，离我们两家都很近，但很少与我们说话。最让我们俩愤愤不平的还是，班上另外一个同学学习很差，长得也很矮，但就因为和她是邻居，能够享受到一起做作业的待遇，这让我们既羡慕又嫉妒，但也只能端着饭碗在路边远远看看，吐槽几句作罢。印象中，这个漂亮女生的学习成绩并不好，当时我们虽然不好意思说出来，但心里肯定都在想，作业不会做却不找我们真是太可惜了。

等到我们一起去了县城上高中的时候，每逢周末我们通常会一起回家，许多时候为了节省乘车的费用，我们会选择步行十几公里。我们的父亲一般会骑着自行车把我们送到学校。去江都中学的路并不是很平坦的，遇到上坡的路，骑车还是很吃力的。周心万的父亲比我父亲要大十岁，我最为难忘的一个场景就是他骑车时十分吃力的样子。后来才知道，其实那时候他已经身患癌症，在我们高一结束的时候，就不幸去世了。

遭遇这一不幸，无疑给周心万的生活和学习带来了巨大的影响。1982年我顺利地考上了南京大学，他却落榜了。然而，他并没有放弃，后来又经过了两年的补习，终于考上了西安的一所工科大学，毕业后到了苏州工作，完成了他父亲未了的心愿。他一直保持着乐观的秉性，每次到我们家来玩，他都会讲述他工作上取得的成绩以及自己得意的事情，似乎那些曾经的苦难和不幸，都随时间自动稀释了。

如今，我们还一直保持联系。这些年，每年他都会选择去国外旅游一次，他的生活一直充满了阳光。每逢清明的时候，他都会回到家乡给父母上坟。今年回家过年的时候，我们俩到村里另外一个同学田圣旺家聚会，这位同学属于能工巧匠型的人才，因为差了两分没有考上江都中学，从而去了另外一所中学，高中毕业后选择了就业，曾经担任过外资企业的经理。他还清楚地记得，当年他问周心万第一次参加高考没有考上，是否考虑找工作，周心万回答说："你看看我这身材，回家后能做什么呢?"他选择了补习，最终找到了一条适合自己的路。

我的小学老师们

　　我是六岁开始上小学的，学校就在我们村里，因此叫周家小学，离我们家也就一里多地，因此感觉上下学都特别方便。

　　第一年上学的印象比较模糊，但确信还没有开窍。只记得写字抓笔都不会，班长是一位女生，曾好心抓着我的手写字。结果在一年级又上了一年，至于一年级为什么留级，我一直认为是自己比较晚熟，然而我母亲说，那是因为我当年出麻疹，耽误了学习，我相信母亲是顾及我的面子，才这样说的。前不久遇到我的一位发小，他也和我一样有留级的经历，他的解释是那一年班上的学生太多，所以将农历下半年出生的孩子都留了一年，对此我也半信半疑。等到第二年上学的时候，我清楚地记得自己好像忽然开窍了似的，印象最深的是每次老师课堂上问问题，我都会飞速地举起自己的小手，学习成绩自然从此一直名列前茅了。

小学的老师里面，给我留下印象最深的有两位。一位是女老师，名叫田树梅，个头不高，体态稍显丰腴，性格温和，而且非常平易近人。她不仅是我一年级的班主任，我的弟弟妹妹们也几乎都在她的班上上过课。她的家就在学校附近，她上街都要路过我们家门口的一条路，因此遇见我父母的机会很多。或许因为我常常听到她在父亲面前夸奖我们，才对她的印象格外深刻吧。

那时候上学的作业很少，基本都是在回家之前就很快做完了，因此要么回家之后还有大把的时间，要么就去寻猪草或者与同伴玩耍。或许是虚荣心的缘故，每次到了期末快考试的时候，我都是很期盼的，甚至是有些兴奋。考完之后，还迫不及待地想知道考试的分数，有时候就会拉上几个学习比较好的同学，一起跑到田老师家里，去打听考试的成绩。

小学印象最深的还有一位男老师，名叫毛恒星，他是语文老师，也是我们村里人。他个头也不算高，瘦瘦的身材，脸也是细长的，说话的声音虽然不高，但很有表现力，自带抑扬顿挫的节奏，因此他的课我还是非常喜欢的。毛老师的语文课让我印象深刻的一件事情，是他在每节课的最后会留下十分钟，专门给我们讲故事，而且是连载的。虽然每次听得不过瘾，但确实让我们每次都十分期待上他的课。

很多年之后，我参与了一些科普和小学科学教育的工作，发现很多地方的科学教师的数量还远远不能满足国家对小学科学教育的需求，而一些优秀的语文老师就会积极地参与其中。他们给学生讲科学家的故事，很受同学们的欢迎，这让我不时想起毛老师在课堂上给我们讲故事的情景。

南京来的老师

　　1977 年小学毕业后，原以为要去附近的一所中学上学，结果就在那一年我所在的小学直接升级为周家中小学了，当时我们都戏称它为"戴帽中学"。升级唯一的变化是，原来一些教小学的老师直接转为初中的老师，按说这样的初中教学质量应当令人担忧，然而实际的情况恰恰相反，这个仅仅持续了两年的"戴帽中学"唯一的一个班，成为人口超过百万的江都县 ① 最好的中学，为江都中学重点班输送了三名高中生。那一年的江都中学高一年级的重点班大约只有四十人。由此推算，它的教学质量一

---

① 即今江苏扬州市江都区，1994 年撤江都县建江都市，2011 年又改为扬州市江都区。

点也不亚于县城最好的初中。如今回想起来，我真的是很幸运的。

最大的幸运是遇到了一位南京来的女老师——藤冰文老师，她同时教我们语文和化学。藤老师身材瘦小，显得弱不禁风，说话的声音也很柔软，而且她戴的一副眼镜的镜片很厚，近视度数有近一千度，但她一口流利的普通话在我们那样的乡村里，是那么的特别，听起来就感到很新鲜，也很有文化。听说，她还曾经是南京市的特级教师。记得上小学的时候，或许是报纸看多了，写作文经常开头会写"当前国内外形势一派大好"，或者中间插入一句"这时候脑海里想起了毛主席的语录"云云，到了初中之后，我才知道作文还有其他的写法。有一次，我在乡里的初中语文考试中得了第一，我坚信这很大程度上是藤老师的功劳。

藤老师因为什么来到了我们学校，对我来说始终是一个谜，不过有一点是肯定的，这和她先生的传奇经历有关。她的先生叫许林，是我们村里的人，个头不高，应当只有一米五几的样子，但身材比较硬朗。从小便听大人们说过他的故事。他曾经担任过儿童团的团长，还有抗日游击队的队长，当然后来成了国民党的军官。

从小我便知道许林会针灸，附近的很多人都会找他看病。他不仅医术比较高，而且为人和蔼低调，因此普遍受到大家的尊重，大家一般都称他为许先生，这样的称呼在当时也是很不常见的。他和藤老师没有子女，但有一个干女儿，算是他的徒弟，也学会了针灸的手艺。我上学的时候就去过藤老师家几次，因为他们家就在学校的旁边。他们家有一个非常别致的小院，里面的设计很讲究，错落有致，不仅有一些古树，还摆放着各种不同的盆景，这与我们常见的农村房屋的设计差别挺大的。

上学的时候对藤老师的了解还是比较有限的，后来才听到村里的人讲，她本是大家闺秀，不仅会拉二胡，钢琴也弹得很好。退休后，她和许先生经常去南京，偶尔也会回到村里来住。几年前许先生去世后，藤老师依然往返于南京和村里的家。前不久我才听到村里的人说，她在南京的一个养女瞒着她，把她在南京的房子卖掉了，于是她又回到了村里面，她和许先生的干女儿现在负责照顾她的生活，原来这里才是她真正的家。

辈分与称呼

在周家村，周姓在人数上自然是占据优势的。周姓家族里的辈分，主要体现在名字中间的那个字上。譬如我和二弟与三弟名字中间的"忠"，就是按照我们的辈分定下的。从小就听大人们讲，至少在我们村里面，周姓家族的八代人名字中间的那个字，按照先后分别是"文、希、先、正、心、为、良、忠"。再往前，爷爷也不知道是什么情况；往后如何排，也没有听说过，恐怕也没有人在乎了。

辈分是人类等级制度的一种类型，对长辈的称呼是一种表达尊敬的方式。然而小时候，对我来说比较犯难的一件事，恰恰就是如何称呼别人。原因其实很简单，在我们村里的周姓人家里，我们的辈分是最低的，而其他同龄人最低的也是"良"字辈的，更多是"希、先、正、心"字辈的。因为我爷爷属于"为"字辈的，因此"心"字辈以上的人，我们按道理见了面就应当称呼太爷爷或太爷。这些左邻右舍的人，如果岁数与爷爷差不多或者更大，叫起来还算自然；最让我感到别扭的是，这些人当中很多比父亲还年轻，可是辈分很高，因此每次叫人，我都是很不情愿的，很多时候都想将就着糊弄过去。有时候，大人们让我叫别人太爷，对方还会谦虚，让我叫爷爷就可以了，原来这也是可以谦虚的。

因为我们家的辈分低，所以总让我有吃亏的感觉，直到后来爷爷告诉我，我们家辈分低是因为祖上发达，相反穷人家结婚生子比较晚，所以辈分才高。听到这个说法，才让我的心里平衡了很多。遇到村里其他姓氏家族的，因为没有了这个辈分的限制，一般就按照年龄来称呼，反而变得简单很多。

称呼人的困扰不仅在同村，在外地的亲戚里面也一样存在。在我们家的许多外地亲戚里面，与我差不多年龄的人中，我的辈分又是最低的。比我大一两岁的，我就得叫叔叔或者阿姨，这无论如何都让我感到十分地别扭。譬如，我二舅比我大十岁左右，叫起来自然没有问题，但二舅母只比我大一岁，我也得叫她舅母。感到不习惯的，还不止我一个人，就连她的儿子，即我的表弟也觉得不服气。他经常与他妈说："大哥就比你小一岁，还叫你舅母，你怎么好意思？"我这位小表弟从小就常来我们家玩，晚上睡觉总是求我给他讲故事，即使知道我是瞎编的，他也毫不在意，听得津津有味，讲了一个，会要求"再来一个吧"，这倒练就了我瞎编故事的能力。

我家还有一门远房亲戚，有兄弟姐妹九人，八个兄弟，一个妹妹，与我年龄至少差二十岁。他们与我的爷爷奶奶同辈，他们的孩子中，有些与我年龄相仿，但辈分高了一辈，见了面自然也就叫不出口。不仅如此，其中一个女孩长得非常好看，小时候过节也常常来我们家玩，我十分喜欢她，到了情窦初开之年，我甚至胡思乱想，要是长大了能娶上她做媳妇该多好；可是一想到她的辈分比我高一辈，又觉得没有了希望，心想家里人肯定是不会同意的。

长大之后，我才明白一个道理，小孩子有一种天生的直觉，见到陌生人，会根据年龄大小选择称谓。他们才不管什么辈分之类的文化或者习俗。另外，大概因为我在家中排行老大，我从小就没有叫过别人大哥、大姐这样的称呼。长大之后，后遗症依然在。别人叫陌生人大姐、大哥，叫起来特别自然，而我却很不习惯，自然与人相处就不如别人那么容易一下子融洽起来。

再后来，接触到外国人之后，知道了外国人相互之间通常叫名字，刚开始也觉得很不习惯，慢慢也懂得了这是文化上的差异。或许，中国人更讲究亲情和人际关系，所谓血浓于水；名门望族更讲究家谱、族谱，并引以为豪；而外国人在这一方面比较淡薄，但反过来，少了这些繁文缛节，似乎也多了一些独立、平等的感觉。

成长篇

外婆家的故事

　　小时候去外婆家过年，是头等重要的一件事情，不要说是刮风下雨，就是下了大雪，也不能耽搁。虽然也就七八公里的距离，但由于冬天化冻的缘故，在泥泞的土路上赶路，并不是一件容易的事情，不仅鞋底会沾上厚厚的泥土，新鞋面也会被糟蹋。小时候外婆家的条件比我们家好，去了之后能够美美地吃到一顿美食，也是我们真实的期盼。而且，外婆家是在街上，门前是砖头铺的地面，这和我们纯粹的乡下比起来，自然洋气了很多，多少有些进城的感觉。

　　外婆有四个子女，我母亲是老大，下面还有一个妹妹以及两个弟弟，大年初二是大家约定聚会的日子，因此总是十分的热闹。我印象最深的是我的小姨，我们称她为姨娘，她的家离外婆家比较近，每次我们到的时候，她已经在等候我们，她那美丽又灿烂的笑容至今还定格在我的记忆深处。外婆是一个非常善良、热心肠的人，她的脸上总是挂满了笑容，她对我们的关心不仅出自内心，还能够让你不由自主地受到感染。外婆老年的时候手抖得厉害，吃饭时给我们小孩子夹菜费劲的样子，让我们既感到温暖，又感到一些心疼。

　　去外婆家，除了记忆中的美食之外，还有很多可以看热闹的场景，譬如平常见不到的那么多的汽车，还有电影院和商店。外公当时在一个小商店工作，他不太爱说话，表情似乎比较严肃，过年也得值班站店，但外公见到我们去店里玩，常常会拿一些零食给我们。他的商店里面还有简易的鞭炮，看着很馋人，我从小就面子薄，一般不会开口向别人要东西。然而与我一块玩耍的，还有一个远房亲戚家的孩子，他显然比我更有心计，每次都是他开口向我外公要鞭炮，而且肯定说是我想玩，我也只好顺其自然了。

去外婆家经常听到的一个故事，是有关老外公的传奇经历。老外公就是我母亲的爷爷，他在我两三岁的时候就去世了，因此虽然见过，但也没有丝毫的印象。老外公在抗战的年代里曾经营一家粮行，还担任当地的商会会长，免不了要与社会各方的人士打交道。据说，有时候在他家中能够同时出现日本人、伪军、新四军以及国军的人士，只是他们不会知道对方的真实身份而已。老外公因为曾经多次帮助一位新四军的重要干部脱险，从而在新中国成立之后逢凶化吉，虽然一开始受了一点委屈，但后来受到政府的特别关照，还曾一度担任江都县的政协委员。被老外公帮助过的这位干部名叫惠浴宇，据说他还曾管我老外公叫舅舅，我估计是一种身份的掩护。1955 年之后，他前后担任江苏省的省长达十二年之久，我还清楚记得小时候看《新华日报》，就经常见到他的名字。

上个世纪的四十年代初，江都还属于日占区，但抗日的烽火已是风起云涌。小时候，我曾好奇地问外婆，日本人当时有多坏？她回忆说，有一次街上的许多妇女都被日本人抓起来绑到树上，起因就是没有给日本人烧水喝；幸亏老外公及时赶回，把她们"训斥"了一番，给日本人一个台阶，才算化解了危机。

　　我最近才听说，新中国成立前老外公的一家有人当了国军，也有人参加了解放军。外婆家的历史像极了我在许多电视剧中看到的故事。如今外公、外婆都早已离开了我们，但大年初二去外婆家的习惯一直保留了下来，外婆的遗像还悬挂在二舅家的客厅中，在与表弟表妹们的聚会上成了一道新的风景；当然，聚会的还有下一代的孩子们，有的也已经有了他们的下一代。我有时候会想，不知道未来的他们会不会还对那一段特殊时期的历史感兴趣。

过年的年味儿

　　小时候最为怀念的日子无疑是过年的那几天。除了平常吃不到的美味佳肴、此起彼伏的鞭炮声，自然还有亲朋好友的团聚所营造出的热闹气氛了，所有的这些加在一起构成了记忆中的年味儿。

　　过年杀猪几乎是大多数人家庆祝农历新年的一项重要活动，我们家自然也不例外。辛辛苦苦养了一年的猪，平常好吃懒动，现在到了用生命报答主人的时候了；虽然想起来觉得十分残忍，但毕竟人类的文明进化程度也就如此，和那些屠夫相比，大多数的人们似乎觉得自己还是心慈手软的。虽然多数的猪肉是要卖出去的，但多多少少家里会留下一些，此外，猪油、猪血，还有各种杂碎一般会留给家里吃。那时候家里没有冰箱，一块块切下来的肉，通常会用绳子挂起来风干。

过年换上新衣裳也是小时候比较固定的习俗。通常，母亲会提前买好布料，找同村的一位裁缝做衣服，到了裁缝量身材的时候，忽然发现自己又长高了，原来穿的衣服确实有些不合身了。父母挣工分的收入显然不足以拿来买新衣服，但新袜子一定是要买的，大年三十晚上每个人都会领到一双新袜子，初一的时候一定会穿上，这也是所谓的辞旧迎新的一部分吧。当然，新布鞋是母亲做的，用的布料很少，因此也基本不花钱。看到大家都穿上了新衣裳，这时候新年的感觉也就浓厚了很多。

我们家一般会在过年的前几天，蒸上几百个馒头，这个习惯一直延续到了今天。冬天比较寒冷，没有冰箱也不会放坏。白面馒头平常是很少吃到的，过年蒸的馒头里面是带馅的，常用的馅是萝卜丝或者大白菜，有时候也用野菜，拌上少许的猪肉。蒸馒头那天，我和弟弟妹妹们早就垂涎三尺，不停地往厨房跑，有时候也帮忙烧烧火，就怕错过第一锅的馒头。一锅馒头出笼之后，我们的任务就是把它们从厨房搬运到堂屋，再给它们点红，然后放到竹匾里摊开、晾干。印象最深的场景，是有几次家里到了晚上才有空蒸馒头，那时候我们都已经睡下，馒头出来之后，母亲会给我们每个人送来一个，让我们第一时间解解馋，抢先感受一下年味儿。

　　除夕和大年初一固定是在家活动的。除夕白天贴对联一直是父亲负责的，从买红纸到裁纸和写字，都是父亲的任务，而我几乎每年都要参与贴对联。除夕中午是要吃面条的，通常是鸡汤下面。晚上的一顿饭最为讲究，与北方人吃饺子的习惯不同，我们一定是要吃米饭的。晚饭之后的节目就是父母给我们发压岁钱，每个孩子的数量是一样的，而且还用红纸包好，但这对我并没有什么吸引力。我从小对钱就不敏感，不是家里不缺钱，其实恰恰相反，自己从来没有养成用零花钱的习惯，因此即使收到了压岁钱，也都最终用到了学费或者买书本上。晚上还有一个传统，就是用两个手掌搓圆子，也就是没有馅的小汤圆，我们都觉得搓汤圆好玩，都自告奋勇地要帮忙，人一多很快就能完成，这是为大年初一的早餐做的准备。

大年初一的中午一般要吃糯米饭，而晚上一定是吃面条，一般将之前剩下的蔬菜，还有早上吃剩的小汤圆直接下锅，变成一锅大杂烩。过年的几天，家里有时候还会包圆子，就是个头比较大的菜馅汤圆，做好之后是放到粥里一块煮好吃的。我最喜欢吃的一道美味是猪油汤圆，馅儿是用白糖腌制的猪油。记得有时候，母亲在包猪油汤圆的同时，我会吃上一块糖腌的生猪油。

从大年初二开始，亲戚间的拜年活动就正式开始了。初二去外婆家拜年自然是排在第一位的，初三到姑姑家，初四一般在家等候亲戚们上门拜年；初五通常是关系比较远的亲戚们相互往来，不过也不是很固定。

除了拜年的活动外，过年家里还需要烧香敬神。

腊月二十四那天，不仅家里要大扫除（也就是给房子掸尘打扫），还要给灶老爷敬香。从大年初一到初五，每天早上起来第一件事就是进香，而且每天敬的神还不一样，有财神，也有庄稼神。因为我不贪睡，这样的活动我一般不会缺席，当然我其实更喜欢的是，上香后负责到外边去放鞭炮。父母年纪大了之后，不需要自己动手，但会不停地叮嘱我和弟弟们如何去敬香。大年初二早上敬的是财神爷，据说哪家敬得早，就能抢到财，因此那一天早上大家的鞭炮都放得很早，而且也很响。

如今过年的年味儿逐渐减弱，或许正因为如此，小时候过年的记忆才显得更加珍贵。如今回家过年，在意的早已不是吃什么，而是与长辈们的团聚。看到家里的小孩子们对放鞭炮痴迷而对满桌的美味兴趣一般的时候，我在想，等到他们长大了的时候，他们记忆中的年味肯定和我们是不一样的吧。

去县城

　　第一次去县城是因为一次受伤的经历，我非常难忘。我的家乡距离江都县城大约有十三公里，对于出生在乡下的我来说，那里是遥远的地方。都说外边的世界很精彩，然而，从大人们的谈话中只是获得模模糊糊的感觉，那里应该有很多好吃的东西，其他的都不太敢想象。

　　那一年，自己才五岁，还没有到上学的年龄，正是尽情玩耍的好阶段。与大多数同龄的孩子一样，玩耍的空间还得严格控制在大人们圈定的范围内。那时候，奶奶负责一大家的做饭任务，做饭是需要草来烧的。清楚地记得那时是夏天，我跟随奶奶去村东头离路边不远的草场玩。草垛一般有两三米高，每户人家的草垛都集中在那个地方，我们都喜欢爬上去玩。奶奶用的工具是钉耙，她将耙下来的干草收拾打捆好，准备往家里拿的时候，一转身发现我已经跌倒在一个平放着的钉耙上，其中一根钉子扎进了我左侧小腿的正前方。这一下，奶奶惊吓得不知所措，但还是果断地将钉耙从我的腿上拔了出来。她脸上的表情告诉我问题很严重，但当时出了多少血，我已经没有印象了。记得当时并没有感到有多疼痛，自然也没有哇哇大哭的矫情。碰巧，这时候我父亲回家路过，便急匆匆地把我抱回家，然后紧急联系了一辆拖拉机，把我送到了江都县城最好的医院，后来才听说是江都人民医院。

去县城治病的过程我已经没有太多的记忆，想来疼痛是避免不了的，然而留下印象最深的，居然是在县城吃到了传说中的馄饨和小笼包子。其他的记忆大概就是从未见过那么多的街道和密密麻麻的瓦房。回家后的日子里，虽然失去了一些自由，却换来了更多的关注，我记得一条腿跳着走路还蛮好玩的。

后来才听说钉子扎进了我的小腿大概有三公分多，至今还在我的腿上留下了一个明显的凹陷，年轻的时候遇到阴冷的天气，有时那里还会隐隐作痛。这样一次有些吓人的经历，牢牢地刻画在自己的记忆中，然而成年后，每当看到自己腿上的伤痕，还能勾起我童年其他美好的回忆。

等到我第二次去县城，已经又过了约莫十年的光景。1979年，十四岁的我考入了江都中学，开始了三年住宿的高中学习生活。如果说第一次去县城带给我的体验是喜忧参半，甚至可以说是因祸得福，那么第二次去县城才是真正走出乡村的第一步。从那时起，身边再也没有了家里人的呵护，逐渐学会了独立的生活，同时对外边的世界有了更多的憧憬。

去年母亲生病，在江都人民医院住了一个多月，我也在医院几次晚上看护。回想起自己第一次来到这个医院已经过去了数十年的光景，心生感慨。我走在医院附近的街道上，看到熙熙攘攘的人群和街边的餐馆、摊位，童年时的记忆虽然已经十分模糊，但依稀还有些穿越了光阴的恍惚。

小时候玩过的游戏

小孩子贪玩是最正常不过的了。我最早有些记忆的玩耍是和泥巴，常常手脚并用，既玩了水，也能与稀烂的泥巴亲密接触。这种玩法可以一个人耍，也可以与同伴一块儿玩。小男孩比较调皮，有时候撒尿也不忘玩一会儿和泥巴。

记得上学之前经常和邻居家一个同龄的小女孩一块儿玩耍。那时没有买来的玩具，只有土办法制成的玩具，石头子就是我小时玩得最多的东西。一种玩法用的是小石头子，大概蚕豆大小或稍微再大些。两个人面对面坐在地上，地上放一批小石子，两人轮流抓一个往上抛，等石子降落时用手背将其接住；难度大一些的是连续上抛两个石子，再用手背将它们分别接住，这种玩法比的是手的平衡能力，印象中女孩子似乎有些天生的优势。

另外一种利用石子的玩法叫跳房子，用的是大一些的石头子，一般比较扁平，长宽至少得几公分以上。首先得用石子在地上画房子，其实就是画出八个方格，排列成两排，一边四个，先将石头子放在第一个方格中，这样准备工作就完成了。接下来就开始比赛了，整个过程中，站立、踢石子、跳跃都只能单脚，另外一只脚不能落地，否则就算失败。具体过程是，单脚将石子从第一个方格轻轻踢到第二个方格，然而跳过去，再往下接着踢和跳，一直到最后一个，就算完成了。印象中，女孩子更喜欢玩这个游戏，但有些男孩子也喜欢玩，似乎技术上也不落下风。这种游戏比的是腿上的功夫，需要平衡和掌握踢的力度。

有一阵子，我们还玩小玻璃球。把小玻璃球放在地面，用大拇指与食指配合弹击小球，去命中远方的另一个小球。这个游戏不需要力量，比的是眼力和技巧。只是小玻璃球很容易弄丢，玩一阵子球丢了，也就没有了兴致。

上学之后，虽然一样还是喜欢玩，但受到了一些限制，首先只能下课之后玩，其次还得干些家务，譬如寻猪草。此外，年龄大了一些之后，就主要是和男生一块儿玩得比较多了，而且玩的游戏内容也增加了不少。

掼纸牌当时很流行，常常两个人一起玩。纸牌是用废纸叠成的方形，一个人用力往地上掼，利用手击打地面的力量，将另一个人的纸牌掀翻就算赢。陀螺也是一种经常玩的游戏。鞭子的鞭绳一般是用布条做成的，固定在一支小棍做成的把手上。陀螺是木质的，一般也是自己做成的，通常也就四五公分长。一般先将鞭绳的末端环绕陀螺几圈，放到地面的同时，快速抽动鞭子，先让陀螺转起来，然后再用鞭子有节奏地轻轻抽打，在地上旋转的时间越长越好。各家孩子制作的陀螺大小、形状各异，一块儿比，慢慢也学到了很多技巧，很让人上瘾。

弹弓几乎是那时候小男孩都喜欢玩的玩具。记得我玩过的弹弓的弓架是用铁丝弯曲而成的，再找到一块皮兜，两边连上橡皮筋，也就大功告成了。所用的弹丸自然就是小石子了，这个东西在平原地区并不好找，因此我们常常需要将大一点的石块砸开、砸碎。那时候玩弹弓，主要是想打鸟，印象中我的准星不太好，再加上土办法做的弹弓射程有限，很少有什么收获。有时候，我们也用弹弓打知了，那纯粹是为了好玩。

印象比较深的还有一种游戏，我玩得很上瘾，经常被我奶奶强行叫回家，才不得不作罢。就是用一根五十公分长的木棒击打一个七八公分长的木梭子，梭子两头尖，木棒扁平的，手握的一头比较细，远端比较宽。通常在屋子前面的路上玩，手持木棒轻轻击打梭子的尖尖，让它弹起来，然后猛地发力，往前击打，比的是谁打得远。具体的规则有些忘了，记得当时还要在路上画出一个大圆圈，打出去的梭子还得再打回来，才算结束。这个游戏需要力量，因此一般只有男孩子才喜欢玩。

记得小时候的冬天很冷，放在室外的水缸经常会冻出一层厚厚的冰，砸破冰层后的冰块成了我们小孩子的玩具。大孩子两臂从背后夹着小孩子的上身，让他的双脚放在冰块上，然后让他的身体保持一定的角度，再用力往前推，就可以滑动了。玩这种游戏既需要力量，也需要把握好平衡，一不小心摔倒在地也是常事，两个人都不轻松，但一般不会受伤，倒是常常玩得满头大汗，因此也忘了天气的寒冷。

回想起来，小时候玩过的游戏没有一样是花过钱的，玩具基本上都是就地取材，绝大多数时候都在泥土地上玩，真的很接地气；虽然会弄脏衣服，但谁又在乎这个呢？

游戏都有些竞赛的成分，这是人之天性，许多还缘自动物的本性。古人们生活闲暇之余，通过游戏和运动，既锻炼了身体，也学习到了技能，还增加了同伴之间的交流，联络了感情。在人类的漫长演化过程中，游戏不仅逐渐发展成很多体育项目，也自然沉淀融化为人类文化基因的一部分。

参加运动会

　　记得上小学的时候，学校的乒乓球台是土做的，放在教室的外边，中间立一排砖头，代替球网。课间休息的时候，喜欢玩的同学在乒乓球桌的两头排成两条队伍，每人拿一个形状大小各异的木板拍子，两边的同学就比一个球，谁输了就到后边去排队。这样至少保证在有限的时间里，更多人能上场打球，真正做到了重在参与。不愿参与的同学就在球台的两侧看热闹。我肯定是要上场参加比赛的人之一，至于球技，只能说是一般。

　　从小就觉得自己的运动天赋比不上学习天赋。记得上体育课的时候，老师也会教一些打篮球的基本技巧，譬如运球和投篮。因为平常没有多少机会玩，技术比较粗糙，而且手臂力量不够，我当时站在篮下投篮也很难投进。打起比赛来，我最怕被人撞倒，但村里的孩子大多数技术不行，冲劲可十足。当时留给我印象最深的，是我们家南边一户人家的孩子，叫小满子，个头不高，但长得虎头虎脑，打起篮球来，他就知道低着头带球玩命地往前冲，投不投进他根本不在乎，一见他冲过来，我只能赶紧躲让。

　　大概是我的弹跳还行，在小学五年级的时候，我居然被选为运动员参加了乡里的一次运动会，给我报的是跳远项目。记得我进了决赛，但最终并没有进入前三名，或许排在了第四或者第五的名次。本来也没有抱太大的希望，因此谈不上失望；但是印象中当时参加比赛的时候穿了一条长裤，心想要是穿运动短裤，或许还能跳出更好的名次。当然，这都只是假设，算是给自己的一点安慰。

　　说来你可能不信，这次运动会给我留下印象最深的两件事，居然都和吃有关系。能够参加乡里的运动会，也算第一次离开家在外面吃午饭了。当时学校带了一位厨师去给我们做饭，记得我们一桌坐了八九个学生，显然平常都吃不饱饭，所以菜还没有上桌，个个就已经摩拳擦掌了。厨师每次端上来一盘菜，几乎一瞬间就被哄抢而光，当然最后上来的一盘菜也被清扫得干干净净。我不太会抢，自然就吃得没有别人多。这位厨师的家离我们家很近，算是熟人，记得她看见我抢不过别的同学，很是着急，最后无可奈何地对我说，你太老实了。以前在家吃饭，我和弟弟妹妹们从来就没有发生过抢着吃的事情，第一次出来遇到这件事，还是挺让我吃惊的。

第二件与吃有关的事情至今仍让我记忆深刻。运动会就开两天，第一天学校给每个运动员发两个烧饼，到了第二天，可能是预算吃紧的缘故，学校规定，第二天没有比赛的同学就不发了，只给当天有比赛的同学发；而我的比赛正好安排在第二天，这种运气让我感到占了很大的便宜。要知道，这种烧饼里面什么馅儿都没有，也没有什么甜味，但对于当时我们这些村里的孩子来说，平常是根本吃不起的，能够免费吃上香喷喷的烧饼，比现在去高档餐馆的感觉不知道要快乐多少。这样的经历也让我逐渐懂得了，幸福与快乐其实都是相对的。

后来到了中学阶段，再也没有参加过任何运动会。只是到了大学，居然又报名参加了一次学校的运动会，这次参加的是八百米长跑，遗憾的是依然没有获得什么好的名次。工作之后，也参加过一些运动会的比赛，包括足球和篮球，照样是输多胜少；虽然有些泄气，但抱着重在参与的心态，并没有太多的失败感。很多事情结果固然重要，其实过程才是我们更应当看重的。

至今，我还一直保持着喜爱运动的习惯。而且，我也常常琢磨，除了自己喜欢参与之外，为什么还那么热衷看一些体育比赛。除了强身健体，体育还成了很多人的职业，更是人类社会文化的一部分。在我的心目中，体育比赛可能是现实生活中最能体现公平的地方，不管你赢了还是输了，同样一个标准就在那儿，而且非常透明，没有潜规则，更没有人情世故——这种公平不正是许多普通人的朴实愿望吗？

勤工俭学的日子

　　小时候，父母主要靠挣工分维系一大家子的开销，我和弟弟妹妹们的上学虽然花销不多，但也常常让这个家捉襟见肘。在这样的环境下，看到大人们如此辛苦，自然而然地就希望能够帮助大人们减轻一些负担。我们放学之后经常做的事情很多，譬如寻猪草养猪、喂鹅、喂兔子，采桑树叶养蚕，或者挖蚯蚓喂鸭子，等等。在我看来，这些也都可以被称为家务劳动。当然，农忙季节也会帮忙做些力所能及的田间工作。除此之外，夏天的时候，我记得我还常常去河里捞螺蛳和河蚌，或者去河边钓青蛙，这些是帮助改善生活的事情。当然，钓鱼的吸引力对我一直很大，但遗憾的是我的耐心和技术似乎不是很好，印象中从来就没有钓到过半斤以上的鱼。有一阵子听人说，可以晚上将带有诱饵的鱼钩撒向河里，把渔线系在河边的树上，然后不需要在那儿干等，到了第二天的早晨去收线，或许就会有鱼儿愿者上钩，遗憾的是我试了几次都没有收获，就只好作罢了。

此外，还有一些事适合孩子们去做，而且还可以挣些小钱，这对我自然就更有吸引力。其中，用于中药的药材是我们能够找到的资源。捡知了壳便是我坚持了多年的一项勤工俭学活动，当然卖了的钱，我一般也都上交了当会计的父亲，等到过年的时候，他会用这个钱给我买一个新帽子之类的东西，加以鼓励。自己劳动挣来的钱，能够转化为实实在在的新东西，这对我来说成就感十足。

到了春夏之交，田地里有一种叫半夏的草本植物，大约二十公分高。它长有球形的块茎，可以卖到中药铺当药材，具体有什么功效，那时候的我也不关心。通常我会一手拿一个竹篮子，另外一只手拿一把小铲刀，找到之后就挖出它的块茎，其余部分直接扔掉。这种植物因为与别的植物长在一起，也不是那么常见，所以需要到处去找。记得有一次去了别人家的庄稼地里，还被负责看守的老头没收了铲刀，后来是父亲出面才拿了回来。

还有一种中药材很特别，是癞蛤蟆的浆液。用的工具是一种金属夹子，夹子的形状很像一个贝壳，现在也忘了这个夹子是从哪儿弄来的。记得癞蛤蟆还是比较容易见到的，尤其是快下雨的时候，经常见到癞蛤蟆在家门口的地上爬，得直接用手先将其控制住，然后右手持夹，对准它的头部耳后用力挤压，就能将浆液收集下来。

捡废品说起来并不体面，但我确实也坚持了几年。我主要捡的物品包括纸张、塑料、玻璃、铁丝、铜丝等。为了捡到这些东西，通常需要到处跑，尤其是到一些工厂附近去转悠，印象中铜丝最为值钱，偶然有所发现，就像捡到宝贝一样高兴。能够捡到废品的地方，环境自然一般都不好，除了不好的气味，最让我难以忍受的是见到一些死去的动物。但为了挣点小钱，这些困难对我来说倒也不难克服。

上中学之后，勤工俭学的事情就做得很少了。上个世纪九十年代在美国读书的时候，我也曾经在中餐馆偶尔打点工，只不过挣来的是美元，再后来就没有这样的机会了。这些勤工俭学的经历既补充了学习生活之需，又让我体会到挣钱之不易，可谓一举两得，也让我更加相信"一分耕耘一分收获"的道理。

回国工作之后，办公室有很多报纸、旧书、旧杂志、纸箱之类的废品需要处理，辛勤打扫卫生的工人们会将它们集中起来运送出去。他们都属于物业公司管理，我知道他们的工资不算高。我有时候还忍不住想，这些东西不知现在还能卖多少钱，这些废品卖来的钱是归物业公司呢还是归他们个人？如果能够归他们个人，又能够给他们的生活带来多少帮助和快乐呢？这样的问题只是在我的脑海里一闪而过，我自然不会去问。

世上本没有鬼

从小听到太多与鬼有关的故事，虽然长大后不再相信人世间真的有鬼存在，但那些故事已经在我大脑的发育过程中烙下了太深的印记，总是飘忽不定，又挥之不去。

小时候听到的鬼的故事五花八门，有的是某某人看见鬼了，有的是某某人被鬼附身了，或者谁家小孩在河里淹死了，说是被水鬼缠住了，等等。因为故事讲得活灵活现，每次听完都感觉毛骨悚然。然而或许是好奇心使然，对于这样的故事，我还是很愿意去听，久而久之多少还是有些害怕的，尤其是到了晚上一个人睡在一个空旷的房间里，最怕听到什么动静，有时候是老鼠的走动，有时候是外边刮风，都能让自己不寒而栗。为了安慰自己，我会想，世上可能根本就没有鬼，如果有的话，那累积起来该有多少啊。还有一年夏天，我躺在床上迷迷糊糊的时候，感觉头被一个软软的东西碰到，当时第一反应是碰到了鬼，吓得我不轻。稍稍清醒之后，我马上猜想也许是猫，或者是老鼠。

小时候，无论是清明节还是农历七月十五日，家里都会给去世的先辈烧纸钱，最早是一张张普通的黄纸，后来又多了银白色的箔纸，叠成元宝状。看着这些纸钱燃烧后升腾的青烟随风飘荡，大人们还在轻轻地低语，大意是嘱咐不在人间的先辈们收到钱之后，好好过安稳日子，我们小孩子也跟着学说类似的话，大白天的当然也不会害怕。那时候我在心中有了太多的疑问，这些烧掉的纸真的这么神奇吗？我们说话的时候，他们真的能听见？半信半疑的我，说实话，还是很希望这是真的。

除了给家里去世的先辈们烧纸，有时候还会在屋子的后面，或者马路边烧纸，送给孤魂野鬼。父亲在村里也算是干部，按说不应该迷信，更不应该在家烧纸，何况当时这些管得严。记得有几次，我们在家里烧纸，父亲有些紧张，很怕被别人看见，影响不好，于是便把半扇门关上了。

那时候小孩子生病了，大人们也有说是头被鬼摸过了，会去找人做些法事。其中一种就是在放了半碗水的碗里让筷子站住，如果站住了，再说些好话，烧点纸就算谈妥了。虽然很多人说这个很灵，但我从内心里是不大相信的。

有鬼就有仙。我们那儿有一类人，大多数情况下是妇女，不知什么原因，突然就有了让鬼附身的本领。或者说，她可以在人间和阴间穿梭。烧香之后，她就能将去世的亲人请回来，借助她的嘴与人交谈、沟通，给活着的人带来莫大的安慰。我母亲就一直很相信这种事情。有两回，我也跟着去看了个究竟，说实话，我还是觉得更像是在表演。

小时候还经常听说很多托梦的事情，就是去世的人在活人的梦中嘱咐一些事情，说起来也非常活灵活现，只是我自己没有这样的经历。后来，又听很多人说过心灵感应的事情，而且讲的人也很有文化，似乎不是迷信之人；还有"说曹操，曹操到"的现象，我自己也有过一些很神奇的经历，但我还是更愿意用巧合和概率来加以解释。

世上究竟有没有灵魂，这件事我也曾经琢磨过很多次，有时候也有很多胡思乱想：会不会是一种我们人类还不了解的物质形式呢？毕竟，我们对自然的认识永远是有局限的，量子的世界不也很神奇吗？况且，如今我们对暗物质、暗能量这些东西还几乎一无所知。虽然如此想，但是多年科学的训练告诉我，没有科学的证据，就不是科学，因此不足为信；可贵的是，科学一向承认自身的局限，对未知的东西不会轻易下定论。

我有时候还会想，如果我开一辆汽车穿越到古代社会，古人们一定会把我当成神仙吧？还有一件事情对我的触动也很大：清朝末年，火车刚刚引入中国，确实曾被很多人当成了妖魔鬼怪。

长大之后，晚上走夜路，如果穿过坟地，我心里面还是会有些害怕的。在野外工作的时候，如果一个人穿过坟地，看到那些留下的衣物，也会让我不寒而栗。这时候，帮助我克服恐惧的还是多年科学的熏陶。

　　我的研究涉及地球与生命科学，自然知道人类由来的故事。在人类的发展史上，几乎所有的部落或者民族都曾拥有自己的信仰，因为我们需要，或者说我们希望灵魂存在，这已经构成了我们文化的一部分。鬼的那些事或者关于有没有灵魂的讨论，或许本身就不是一个科学问题。科学关注理性，人类的进步和发展离不开科学，但科学也不能解决一切社会的问题，科学与宗教长期并排行驶在两条人类文明发展的轨道上，又时而交集或碰撞。

爱 面 子

从小我的脸皮就很薄，有一件事情至今印象深刻。那一年我估计自己不到五岁，因为三弟刚刚出生不久，母亲坐在床上吃东西，具体吃的是什么没有印象了，应当是平常我们很难吃到的有营养的东西，我从厨房循着味道忍不住走过母亲的房间，但有意识地加快了步伐，几乎是一闪而过地跑了出去。大概是被母亲看到了，我一边走，还一边说"我不想吃"。虽然嘴很馋，但也许我已经懂得母亲或弟弟更需要营养，也不愿让大人笑话，才说出了言不由衷的话来。这样一幅场景一直定格在我童年的脑海中，至今难以忘记。这件事情让我意识到，我的天性里是一个脸皮很薄的人，或者说从小就很爱面子。

上初中的时候，有两件事情曾经让我感到很没有面子。一件事是被老师罚站，起因是与我同桌的是一个"多动症"的同学，我们经常在上课的时候躲在桌子后面互相打斗，于是被教数学和物理的老师处罚，让我们站在教室的后面，这恐怕是我上学期间唯一一次受到的惩罚。另外一件事也和这位老师有关，他应当还是班主任。至少有两次，他当着全班同学的面要我回家向父亲催缴学费，当时我们家四个孩子上学，按时缴齐学费不是一件容易的事情，这位老师的口气一点也不友好，甚至在我看来还带有一丝轻蔑，好像我们家故意赖着不缴似的。客观地说，这位老师的课教得还算不错，但我一直对他没有什么好感，尤其是他与同期教我们语文和化学的女老师比起来，简直是天壤之别。

　　读高中的时候住校，饭菜几乎没有什么油水，一周才有两次的炒菜。父亲大概每两周会给我送来一罐自己家制作的糖油炒面，大概也就不足两斤，算是给我补充营养。因为是干的面，一般每天晚上我会用勺子从中舀出几口。当时正是长身体的时候，如果不加计划和控制，一罐糖油炒面，我估计不用三天就能吃完，但我一般还是能够坚持一周左右，另外一周就什么也没有了。每次父亲问我够不够，我都说够了。碍于面子，实际的情况，自然我是不愿意告诉父亲的，因为我知道家里比较困难，能够两周供应给我一罐糖油炒面吃，已经是很不容易的事了。

我从小字写不好，虽然也练习过写毛笔字，终究没有多少收获。因此，从小学到高中，我挨老师批评最多的大概就是字写得不好看。记得大学时代，我也曾经找来字帖苦练了一阵子，终究还是没有长进。长大之后，每每看到别人写得一手好字，赢得众人的夸赞，我就会感到有些羞愧。常言道，字如其人，自己的字写不好，感觉连做人都受到了牵连，心中很是不甘。直到后来，偶然看到了两位我十分景仰的院士的书信，发现他们写的字也不好看，而且还十分潦草，这才给了我不少的安慰。原来字写不好，未必与做人做事有必然的联系啊。

然而，字写不好，终究不是什么好事，这种窘境到了我读研究生的时候才有了转机。一位老师的办公室有一台打字机，我利用晚上老师不在的时间，学会了打字，这简直让我如释重负。再后来，办公室有了电脑，写文章或者写信就再也不用手写，这时候我就更加庆幸自己赶上了好时代！

爱面子的人都爱惜自己的羽毛，怕被人看不起。不爱求人，很难说是一件好事还是坏事。因为面子薄，一方面不愿意求人，怕被拒，怕没有面子；另一方面只能靠自己的努力，做成一些事情，因此养成了独立自强的习惯。工作和生活中，我也曾经获得过许多贵人的帮助，但大多数情况下，我都是很被动地获得了帮助，很少主动去求助（当然，除非遇到特殊的情况，我才会鼓足勇气，厚着脸皮去请求），因此可能也失去了一些机会。

现代社会，尤其是在中国的人情社会里，人与人之间的相互帮助本来是非常普遍的，我的这一性格注定不太讨好。其实，心理学研究告诉我们，如果一个人曾经帮助过你，他下次会更加愿意再帮助你。好在，相比求人帮助，我在帮助别人方面倒也不吝啬。

我也曾经听到单位的同事开玩笑说："脸皮薄，吃不着；脸皮厚，吃个够。"听起来，这话很像是"厚黑①文化"，其实实际生活中也不无道理。然而懂得这个道理与改变自己的性格，还是两回事。性格的形成有成长环境的影响，不过遗传的因素才是最为顽固的。在我的印象中，爷爷和父亲都是很爱面子的人，我也很少见到他们求人办事，偶尔遇到，也是迫不得已。既然有些事情不是后天能够轻易改变的，又何必强迫自己去改变呢？

———————

① 是对脸皮厚、心地黑的戏称。

社 会 篇

世上究竟有没有灵魂，这件事我也曾经琢磨过很多次，有时候也有很多胡思乱想……虽然如此想，但是多年科学的训练告诉我，没有科学的证据，就不是科学，因此不足为信；可贵的是，科学一向承认自身的局限，对未知的东西不会轻易下定论。

看天上第一颗人造卫星

不记得从什么时候开始，我对地球、太阳、月亮和星星产生了好奇，并且有了很多的问题。小时候常常看着月亮发呆，心里面开始想，为什么月有阴晴圆缺？明明我看到的是一望无际的平原，为什么说地球是圆的？每天东升西落的太阳，究竟离我们有多远？从小就很熟悉的毛主席的诗词"坐地日行八万里"，也给我留下了深刻的印象，让我了解了地球的自转。对于地球的引力，我也是似懂非懂的，有时候还担心会不会哪一天从地球上掉下去，落入无底的深渊。那时候从学校学到的知识实在有限，也没有机会看到课外书，我想父母肯定也说不清这些科学的道理，自然很少去问，于是问题永远多于答案。好在，这一切都不影响我的学习与生活。

小时候，夏天的晚上躺在外面乘凉，看星星成了我打发时光的好办法。爷爷最先教会我认北斗七星，它们在黑夜中不仅非常明亮，而且组成的形状也很特殊，因此最容易辨认。其次是牛郎星和织女星，虽然知道这是神话故事，但看到牛郎与织女在遥远的夜空中两地相隔，同情之心还是会油然而生。还有北极星，指示正北的方向，我当时就想，这个可得用心记住了，万一将来哪一天在野外迷路了，可以派上大用场。印象中，当时还能够认出金星，也是最亮的星之一。总体上说，我算不上是观星爱好者，能够认得的星星也不多。不过还记得，好像大人们告诉过我，不要去数星星，因为这是不吉利的事情，具体什么道理我并不清楚，但肯定知道星星是完全不可能数清楚的。有时候，偶然还能看到彗星滑落的场面，这也让我感到惊奇，至于与之有关的迷信的说法，我最多也就是将信将疑。

小时候印象最深的一次仰望星空的经历，那一定是看我国第一颗人造卫星上天的情景。那一年我五岁，这也是我记事之后，脑海中保留的最为重大的一件事情。这一颗人造卫星被命名为"东方红一号"，名字就反映了时代的背景。我清楚地记得，那一天当卫星掠过我们当地上空的时候，很多人都走出了家门，在路边一边朝天上张望，一边议论纷纷，每个人似乎都表现出兴奋、惊奇的样子。与此同时，我也听到了熟悉的《东方红》乐曲，当时感觉声音也来自遥远的天空，觉得太神奇了。只不过后来才得知，这声音虽然来自卫星，却是人造卫星通过无线电波传回来的声音，然后再通过各家各户的广播才让我听到的。

当时记得，我还对一件事情有些好奇，卫星在几百公里的高空，还能肉眼看见，那么这颗卫星究竟有多大呢？直到很多年之后，看到它的模型，才知道它的直径不过一米，重达一百七十三公斤。而且也是后来才知道，国家有关部门很用心，当时设计卫星的时候，为了让全国人民能够肉眼看到，专门做了很多特殊的设计，使得"东方红一号"能够更好地反射阳光，从而看起来一闪一闪的。现在回想起来，这次卫星发射的科普工作真是做得很好啊。

后来由于工作的原因，有机会了解到更多我国在空间探索方面的成果。我曾经在北京参观过北斗卫星的总装大厅，亲眼看见了这些人造卫星，不由得又想起半个世纪前，抬头观看我国第一颗人造卫星上天的情景。由于我的专业一般属于地质学的范畴，而且或多或少与生命起源有些关系，因此也有机会参加一些与月球、火星探测相关的学术研讨会。这些活动似乎又重新燃起了我对星星的兴趣。

即使走出国门，仰望星空的兴趣也一直延续着。第一次去澳大利亚的悉尼参加学术会议，没有意识到太阳在北边，结果据此判别错了方向，完全走反了，这给我留下了深刻的印象。在这之前，经验告诉我太阳都在南边，后来才懂得，太阳位于你所在地的南还是北，取决于你所处地球的位置，有些地方甚至在不同的季节还有变化。古人说，读万卷书行万里路，看来还是很有道理的。

2011 年我去南非考察，其中一站是金门高地国家公园，在那里我们白天刚刚领略了成千上万的野生动物聚集的壮观景象，可谓意犹未尽。晚上吃完饭，我和几位同事走出宾馆散步，外边一片漆黑，鸦雀无声，突然一抬头往天上看去，我一下子惊呆并被彻底震撼到了，因为我第一次真正看到了李白诗歌里描述的"疑是银河落九天"的壮观景象，这么清晰的银河景象此前也只是从美国的《国家地理》杂志上看过。星星离我是如此之近，仿佛真的可以伸手去摘。那一晚上的观星经历实在太难忘记了，遗憾的是，我们在那里只住了一晚。

宇宙之浩瀚，离我们如此遥远，然而那一晚，我真的感觉我们相距又是如此之近。

看报纸

上个世纪的七十年代，生活在苏北农村的绝大多数孩子应当都是一样的，除了学校发的课本，基本上是没有什么课外书可读的。我印象中，唯一看过的课外书，大概就是几部破旧的连环画了。然而，我大约从小学三年级开始，就养成了看报纸的习惯。

当时，因为父亲是大队会计，所以我享受了村里大多数同学没有的一项特权，那就是可以每天看江苏省的党报《新华日报》。记得每天放学回家之后，我就会在家门口端一张木头做的小板凳坐下来看报纸。这个习惯一直延续到我上初中。邮递员每天会将报纸送到家里来，父亲会按照时间的顺序将它们整齐地叠在一起，放在他房间的桌子上。我印象中，我们村里还有一个农民也爱看报纸，几乎每天都来我们家拿报纸看，看完之后会和父亲谈论一些国家大事。我就在旁边听着，一般不会插话，因为那些大事似乎离我比较遥远，而且我看报纸的目的其实很简单，就是把报纸的一篇篇文章当成了作文，一边学认字，一边学写作文。

上个世纪的七十年代，中国的政治舞台风云变幻，给我留下印象最深的是一篇篇洋洋洒洒的大批判文章。有些文章几乎能够占两个版面，说实话，这让当时的我很是吃惊，也很佩服文章的作者，想想自己只能写几百字的作文，心里暗暗琢磨，不知什么时候我才能写出这么长的文章来呢？习惯成了自然，如果哪一天由于什么原因报纸没有送到，心里面还有些失落。

我小学和初中的语文还算学得不错，不知道与看报的经历是否有关。然而，看报的同时，也多少对国家的大事有了一些模糊的了解。有时候父亲还带回家一些学习的文件，我也会好奇地拿来翻看，因此也比较多地了解到林彪叛逃、粉碎"四人帮"等政治事件。印象中，除了《新华日报》，有一阵在家还可以看到《参考消息》，这里面有很多国外的消息，读起来也觉得很新鲜。

自从去县城上了高中，每天看报的习惯也就终止了，然而周末或放假回家，这个习惯自然而然又会捡起来。大学毕业后，离开了江苏，能够看到的报纸越来越多，但看到《新华日报》的机会是越来越少，因此《新华日报》逐渐成了小时候的记忆。

上个世纪九十年代，我在美国上学的时候，还是喜欢看报纸。我所在的堪萨斯大学办的报纸是免费的，可以随便拿走，我也是几乎天天看的，一方面是为了学英文，另一方面也为了从中了解学校的各种新闻以及美国的文化。偶尔，我也会自己买报纸看，譬如 *USA Today*（《今日美国》）上面的文章就很有意思，让我对美国的文化更加了解。

进入 21 世纪之后，互联网给传统纸媒带来了巨大的冲击。办公室里曾经流行的"一张报纸一杯茶"的习惯，现在早已成为过去。有一阵子，单位订阅或者赠送的报纸堆满了我的办公室，如今已难以重现。现在，即使我自己在报纸上发表了豆腐块文章，或者记者采访我发表了文章，我也最多只是收藏电子版了。

然而，尽管受到来自互联网以及自媒体的冲击，报纸依然顽强地生存了下来，当然同时发行电子版本几乎是所有纸媒的求生之道。我所谓的看报纸，今天基本上已经转变为从电脑或者手机上看报纸的内容了。如今，大多数的情况下，我也只有在坐飞机的时候，还会翻阅一些空姐们提供的《参考消息》和《环球时报》的纸质版。

但是还有一个例外，就是回到老家的时候，我还会翻阅报纸。虽然父亲已经从大队会计的位置上退下来很多年，然而每天一份报纸还是会经邮递员送到家里。如今，我们家收到的是《扬州日报》。这些年，父亲的身体大不如前，除了看些大号字体的新闻标题，已经很难阅读文章的具体内容了。另外一个变化是，送信送报纸的邮递员还担任了送邮政快递的任务，以前是骑自行车，如今是骑电动的三轮车。

去年回家过年的时候，大年三十那天，已经给我们家送报二十多年的小朱，冒着小雨给我们家送来了一份快递，这让我们都很感动。他说忙完这一趟就回家过年。这个时候，报纸已经不重要，而那位邮递员让我不由自主地想到，小时候等待邮递员送来《新华日报》的情景。

难忘的 1976 年

1976 年，我十一岁，还在上小学。或许由于有看报纸的习惯，相比其他同学，我对国家大事算是比较关心的。这一年，最难忘的事情就是三位建国伟人的去世和唐山大地震了。

记得从小，就经常听到父亲表达对周恩来总理的崇拜之情，更被他的人格魅力所折服，因此从小我最崇拜的人也是周总理。1 月 8 日周总理去世，全国人民沉浸在悲痛中，此时的寒冬腊月又增添了悲凉的气氛。当时我还得知，联合国也降下了半旗悼念周总理，听说这是联合国首次为一个国家的领导人降下了半旗，这给我带来很大的震动，我想他一定赢得了世界人民的尊重，他的伟大一定是超越了民族的。

7月6日，时隔不到半年，朱德委员长去世。朱德在我的心中几乎是与毛主席齐名的伟人，当时最为熟知的是朱毛红军的故事。记得小时候爷爷曾经绘声绘色地给我讲过，我们当地也出现过"遍地出猪毛"的现象。一大早起来，看到地上突然出现了许多的猪毛，而且也没有听说有人家杀猪，寓意是朱德、毛泽东即将得天下。听起来像是爷爷亲眼所见，至少他是很确信的，但我听了只是觉得很神奇，内心多半不是很相信。爷爷讲的事情一直是一个悬案，后来我才从一篇文章中得知，这事在1943年的苏中地区确实发生过，后人考证认为是一种自然现象，大概是因为气候原因，长出了一种不常见的生物，很可能是某种菌类，形似猪毛而已。中国古人向来相信天人感应之说，传统文化的传承和影响之深可见一斑。另一方面，抗战时期，新四军在苏中一带非常活跃，有很好的群众基础，这个故事也多少反映了民心所向。

　　9月9日，毛主席的去世对全国人民来说，是史无前例的悲痛。对我来说，他是我记忆中神一样的存在，无论是那脍炙人口的"好好学习，天天向上"、《东方红》的歌词与曲调，还是毛主席的语录，没有一样不是耳熟能详的。追悼会那天，学校停止上课。我们都集中在教室里，收听追悼会的实况，默哀时还能听到一些抽泣声。悲痛的气氛是具有感染力的，就连空气中似乎都充满了悲伤。然而，毛主席的去世会对中国产生什么样的影响，我其实并不了解。

1976 年的另外一件大事，就是 7 月 28 日的唐山大地震了。我也说不清什么原因，那一年我们家也搭起来一个防震棚，就在我们家的门口，马路的对面。我和邻居家的一个男孩一起住，他大我两岁，我们都叫他桃子。印象中我们一块儿住了至少一年多，之所以住这么长的时间，不全是担心地震，恐怕也有家里孩子长大了住不下的原因。住防震棚的经历中，让我印象最深的，是从扬州城里下放到我们那儿的两位知青。他们的气质与村里的人很不一样，他们会抽烟，而且还是有香味的那种，桃子也与他们一起抽，我只能被动地闻闻味道。他们聊的事情，具体内容有些忘了，但感觉比较新鲜。直到很多年之后，我才懂得了知青就是知识青年，他们当时被派到了乡下劳动。

小时候从广播中获得了不少有关时政的消息，我当时心里经常担心的一个问题是，如果资产阶级复辟了，那可怎么办呢？广播里说，贫下中农会吃二茬苦，受二茬罪。我所在的小学也曾经开过忆苦思甜的会，记得给我们宣讲的是一位在外地当工人的村里人，他的女儿是我一个班上的同学，他给我们讲述旧社会地主如何剥削农民，新中国农民如何翻身做了主人。那时候填表格，贫农的出身让我感到非常自豪，因为听爷爷说，我们家祖上曾经是地主，我感到十分庆幸，万一新中国成立前还是地主，那可就麻烦大了。

三位伟人的相继去世，再加上唐山大地震，让我对未来有了一些隐隐的担心。然而中国人民化悲痛为力量，同年的 10 月，中国大地上便又发生了一件惊天动地的大事，"四人帮"垮台了，全国人民很快便转悲为喜。记得听大人们说，大家早就对他们不满意。这一系列政治事件对中国社会的影响之大，对于那个时候的我来说，实在是很难理解的。但 1977 年高考的恢复，还是给我所在的乡村带来了不小的影响。以前教过我课的老师有的考上了大学，而我知道在这之前上大学需要推荐，从此以后就全看学习成绩了，这对我来说，无疑是很有激励作用的。在父母的鼓励下，未来考上大学离开家乡成了我的梦想。

1976 年无疑对中国来说是悲伤的一年，然而不久后的改革开放，让中国一步步走上了小康富裕之路，我坚信三位伟人也会含笑九泉的。

算 命

　　与城里人相比，村里人似乎都对算命比较热衷。在我小时候的记忆中，至少我的母亲是很相信算命的，虽然我对此一直将信将疑，但这样的事情听多了，我也产生了浓厚的兴趣。如果未来真的能够预先知道，就像天气预报一样，谁不希望提前做些改变，趋利避害，让生活变得更美好呢？

　　母亲经常算的是我们四个孩子的命，据说只需报上我们的生辰八字，并不需要我们在场。印象中，每次算命先生都会说些母亲爱听的话，譬如说我们未来都会吃公家的饭，或者都能考上大学之类的话。母亲听了自然感到高兴，后来我们陆续上了大学，母亲更加相信了。

宇宙之浩瀚，离我们如此遥远，然而那一晚，我真的感觉我们相距又是如此之近。

记得很清楚的一件事情是，有一天三弟告诉我，他的一个同学也是我们村里的，不知从什么时候开始也学会了算命，但是他只到外面去给别人算命，不给同村的人算，据说外面的人都夸他算得准。听三弟这么一说，我立刻觉得有些可疑，这不就是"外来的和尚好念经"嘛。

　　我印象最深的一位算命先生，不是我们本地人。事实上，这位算命先生的家在泰州的刁铺镇，离我们家至少有二十多公里。当年，我们村许多人都去找过这位被称为"小瞎子"的算命先生算命，回来后口口相传，都说他算得准。母亲也和别人去了一趟，回来后给我们讲述了他的传奇故事和给我们家算命的事情。许多细节现在已经忘记了，印象比较深的是，说他能算出我们家就在周家村，而且建议挪走我们家猪圈门口的一块石头，这样对我们家好。当然，母亲还是很关心我们四个孩子未来的发展前程，"小瞎子"算的结果自然让母亲非常满意。

　　由于算命先生"小瞎子"的名气太大，激发了我的好奇心。那一年我刚刚上了大学，暑假回家的时候，我约了还在上中学的三弟，决定亲自去见见这位传奇的算命先生。记得那天，我们两个人向别人要了地址，带了点干粮，每人骑了辆自行车就从家里出发了。到了刁铺镇，再多次向路人打听，直到快中午的时候，才找到了算命先生的家。他的家有一个院子，门口有一个守门的人告诉我们，先生需要午休，下午两点之后才能开始算命。他还让我们领了一个号，交了费用。我和三弟只好等着，先吃点东西再说。在院子的外边，我们还见到了一些与我们一样从外地赶来算命的人，多为妇女，其中属我俩的年纪最小。终于等到下午快两点的时候，我们大家开始排队，大约又过了一个多小时，才轮到了我们俩。说实话，对于算命的结果，我是很怀疑的，我最感兴趣的是想看看他是怎么算的。"小瞎子"个头不高，身材稍有些胖，脸庞圆润，气色很好，我看他的双眼似乎还有些光，因此我对他是否真的眼瞎产生了一些怀疑。进门后，"小瞎子"抓住我的手，然后就开始询问我的一些情况，我是有备而来的，自然不会给他透露太多自己的信息。我记得我问了一些问题想考考他，都被他一一避而不谈了。他告诉我："你的命很好，是吃国家饭的呀。"他问我想算什么，我说，未来我能出国吗？他说，会的。他还嘱咐了我们一些别的东西。

我和三弟从"小瞎子"家出来之后，都没有觉得有什么神奇的地方。在院子外边，我们还与其他人攀谈了一会儿，记得身边有一位在我们前面算命的妇女却很是激动，她说算得太准了，然而我和三弟觉得很茫然，自然不会与她争论。

成年之后，我偶尔也会在别人的鼓动下，抓个签，算一卦；或者让别人看看指纹，算算命运等。但总体上，对于算命之事，我不是很热心。

基因测序技术的发展，带来了一个副产品，基因测序变成了算命神器，让很多人趋之若鹜。我的研究工作与进化有关，自然很清楚一个生命个体的命运受到了基因和环境的双重影响。一个人的命运当然不可能全是基因决定的，环境和运气都会起到很大的作用。

　　有人说，性格决定命运，我想这也只是说出了影响人一生的部分道理而已。基因不能完全决定一个人的命运，后天的努力可以改变命运，但同样并不能起到决定性的作用。我倒是更欣赏中国古人富有哲理的一句话：谋事在人，成事在天。

看 戏

　　小时候过年的一大乐趣是看戏。村里面会搭上戏台，就在村委会所在地，离我们家走路也就几分钟。演员都是村里人，有教师、赤脚医生，也有普通的农民，演的都是当年最为流行的样板戏。晚上吃完饭，早早扛上自己家的长条板凳，去占位置，这可能也是全村人聚集最齐全的时候，好不热闹。

　　我印象最深的是《红灯记》和《沙家浜》两部戏。而印象最深的三位演员，也都是我很熟悉的人。其中，扮演胡司令的演员是村里的医生，他个头不高，身材有些胖，平常性格很好，看到他在舞台上穿着鬼子的服装，端着一支长枪，我觉得十分好玩，而且觉得他演得太像了。李玉和的扮演者是我小学的音乐老师，就住我们家的东隔壁。他瘦瘦的身材，平常不苟言笑，长得也很秀气，由他扮演李玉和在我看来，也是再合适不过了。而李铁梅的扮演者，是我们家西隔壁的邻居。她人长得漂亮，用现在的话来说，绝对算是我们的村花了。那个年代，家里还没有电视，甚至还没有收音机，电影也很少看到，平常听得最多的就是广播了，因此娱乐的东西实在贫乏，能够在过年的时候看上一两部大戏，算得上是最为豪华的娱乐节目了。由于演员都是熟悉的人，看着也感到非常亲切，看了戏之后，无疑增添了对他们的崇拜之情。

除了过年的时候才能看到村里的样板戏，平常的日子偶然也能看到戏，多为扬剧。记得最初赶上某家老人祝寿，就请来戏班子在家里演，乡邻好友应邀一块儿看。再后来，慢慢有的人家在家门口搭上戏台，这样看戏的人就比较多。当然，看得最多的还是扬剧，此外还有越剧和黄梅戏，戏班子也逐渐从村里拼凑的临时班子，过渡到来自江都县城或者扬州的、比较专业的戏班子。看戏虽然以娱乐为主，但从中我也熟悉了不少历史人物，学到了许多做人的道理。中国传统文化的价值观潜移默化地融入了戏剧之中。好人或坏人，孝顺或不孝，忠诚或背叛，善良或邪恶，通过夸张的手段、历史的故事在民间不断地被评头论足，从而代代相传。人们常说"戏如人生，人生如戏"，确实在我后来的成长过程中，见到生活中的人和物，有时候还不免想到戏中的人和物。

说实话，小时候对看戏还有比较大的兴趣，后来慢慢长大，对戏曲类的东西就失去了兴趣。然而，对于一直生活在家乡的父母来说，他们对戏曲的兴趣却一直保持了下来。父母年纪大了之后，在家看电视，除了天气预报，看得最多的就是扬剧或者越剧。有的戏，我感觉他们看了上百遍也不觉得厌烦，而且对一些名角也都非常熟悉，这时候我会陪着他们一起看，但已经很难找回小时候看戏的感觉了。

长大之后经常出差，偶尔也有机会接触一些其他省份的地方戏。譬如，陕西的秦腔、河北梆子、东北的二人转等。说实话，我这时候的看戏，更多是在感受地方的风土人情，包括方言，还有欣赏文化的多样性。因为是地方戏，有人喜欢，自然有人不喜欢，这就像一个人的口味基本上是从小就决定了的，长大了很难改变。看到如此之多的地方戏，有时候会让我联想到生物物种的多样性，一个新的物种产生，地理的隔绝常常起到重要的作用。

千百年的历史中，人们接触的娱乐是如此单调、有限。而最近的几十年间，广播、电视、电影的普及，再到互联网、智能手机的发展，信息传播的方式与速度堪称史无前例，文化的传播早已打破了区域的藩篱，中国的城市化又大大缩小了城乡的差异，这些无疑都对地方戏的发展带来了巨大的冲击。然而，在那个文化匮乏的特殊年代，地方戏代表的传统文化对我产生的潜移默化的影响，还是深深印刻在我的脑海深处。

曹 王 寺

　　我们周家村往西大约一里多地，有一个非常神秘的地方，它不属于我们所在的乡，面积比我们村也大不了多少，然而它不仅比周家村富裕许多，名气更是大了不止一个量级。它的行政全称是曹王林园场，简称曹王，不过更为外界所熟知的名字是曹王寺。

　　从我记事开始，直到今天，江都老乡们问我家住哪里，我通常会说，在曹王或者说就靠近曹王。曹王有汽车停靠点，因此我们外出坐车去县城，也会先到曹王。对于小时候的我来说，曹王最重要的意义还是上街买菜、改善生活的地方，那里有好几个商店，因此对我来说，上曹王就是上街的意思，家里条件好的每天早上会去一趟曹王，让我很羡慕。

曹王远近闻名，主要有两个原因。一是，曹王林园场是著名的花木之乡，离家这么近就有这么一个大花园，漫步其中，自然是一件十分惬意的事情，而且印象中那儿见到的鸟类也比我们家多得多。据说当年北京的重大节日中摆放的花，有一些就是从这儿运过去的。至于郑板桥写的"春风十里曹王寺，栽花依旧算种田"，此诗句虽然广为流传，但当年盛况究竟如何，恐怕也难以被考证了。

第二个原因，是曹王每年有两个重要的集市，分别是农历的正月十五和三月十九。那时的曹王都是人山人海，一条南北向的主街道两旁摆满了各种小商品，除了花样繁多的零食之外，主要是各种生活用品，有用竹子编的，也有各类铁或铝制成的，当然也少不了花样繁多的农具，以及各种花木的幼苗等。现在看来，基本上就像是一个乡村版的户外大超市。平常在一般商店买不到的东西，在这儿你几乎都能找到，真是大开眼界。

对小时候的我来说，这两个日子也很像过节，我一般会随大人去曹王逛上两回，无论有没有收获，至少看了热闹。除此之外，这个时候也是亲戚们来我们家串门的好机会，特别是一些远房的亲戚，平常往来不多，利用这个机会一边赶集，一边叙旧，可谓一举两得。我有两个远房的亲戚，一个是编竹制品的手艺人，这时候会去街上摆卖各种菜篮、竹匾等，而另外一个亲戚擅长用铝制作各种桶和锅，我对他们精湛的手艺非常敬佩。

其实，曹王真正有名的是它悠久的历史。据有关专家的考证，早在唐代，这里就建有一座卉木寺，供奉花神，而且香火很盛。曹王寺之所以得名，与北宋初年的名将曹彬有关。他奉赵匡胤之命讨伐南唐，江都与南唐仅一江之隔，是名副其实的边防重镇。曹彬率部来到这里，把这里作为平唐的战备基地。由于他军纪严明，善待百姓，当地百姓对他感恩戴德，便将卉木寺改名为曹王寺，供奉曹彬的长生禄位牌。据传，三月十九日集市的由来，也与曹彬有关。当地百姓在他的生日，即农历三月十九日这一天迎神出会，以示纪念。

千年的曹王寺庙不幸在 1939 年日军扫荡之时被殃及毁坏。从小我就听村里的老师说，曹王寺的庙里面有一棵特别大的银杏树，可能有上千年的历史了，相传为曹彬所植，树干基部的空洞很大，可以放下一张很大的饭桌，供很多人品茶吃饭。清雍正年间编纂的《江都县志》记述该树"大可八九人环抱，广荫数亩"。只可惜在 1969 年，这棵银杏树被一场雷击毁坏，等我记事之时，已经踪迹全无，只剩下美好的传说，实在是让人惋惜。

前不久还偶然看到，抗日战争时期的 1938 年，江都还建立了地方民众抗日武装，曹王寺一带的群众组织了民间抗日自卫大刀会，后来被编入长江边区第一游击大队，成为第二分队。从小我就一直觉得，电影电视中看到的那些英勇抗日的故事与我们家乡不太沾边，原来实在是我对家乡的历史了解得太少了。

还有一个很有趣的插曲，在我上小学的阶段，有一阵曹王寺被称为曹王市，我亲眼见到家里用的信纸上就是这么写的，当时还觉得很好笑，这么一个芝麻大的地方居然还被叫作"市"。后来听人说，曹王市的"市"实际上是指做买卖的地方。如今，曹王花木依然蓬勃发展，但已不复当年的辉煌，在行政上它也成为曹王林园场村，而原先的周家村也不复存在，与相邻的村合并之后归入了苏新村，同属仙女镇。

　　十几年前，曹王寺庙得以重建，吸引了众多百姓。我也曾去看过，香火依然很旺。曹王寺曾经有过的庙会，我没有机会亲眼所见，由它衍生而来的集市倒是延续至今。现在每年过年回家探亲，我都要去曹王看看，逛逛超市，或者买些街边的小吃，还能常常在这里碰见多年不见的同学或者熟人，也是备感亲切。